Los primeros cuentos

Los primeros cuentos

Truman Capote

Traducción de
Alan Pauls

Lumen

narrativa

Los primeros cuentos

Título original: *The Early Stories of Truman Capote*

Primera edición en Argentina: abril, 2017
Primera edición en México: agosto, 2017

Copyright © 2015 by The Truman Capote Literary Trust
This translation is published by arrangement with Random House,
a division of Penguin Random House LLC.

D. R. © 2017, Penguin Random House Grupo Editorial, S. A.
Humberto I, 555, Buenos Aires
www.megustaleer.com.ar

D. R. © 2017, derechos de edición para América Latina y Estados Unidos en lengua castellana:
Penguin Random House Grupo Editorial, S. A. de C. V.
Blvd. Miguel de Cervantes Saavedra núm. 301, 1er piso,
colonia Granada, delegación Miguel Hidalgo, C. P. 11520,
Ciudad de México

www.megustaleer.com.mx

ISBN: 978-607-315-625-7

Impreso en México – *Printed in Mexico*

El papel utilizado para la impresión de este libro ha sido fabricado a partir de madera procedente
de bosques y plantaciones gestionadas con los más altos estándares ambientales, garantizando
una explotación de los recursos sostenible con el medio ambiente y beneficiosa para las personas.

Penguin
Random House
Grupo Editorial

El pantano del terror

—Lo que te digo, Jep, es que si piensas meterte en ese bosque a buscar a ese presidiario has perdido la razón con la que naciste.

El chico que habló era menudo y tenía la cara morena cubierta de pecas. Miraba impaciente a su compañero.

—Escúchame —dijo Jep—. Sé muy bien lo que estoy haciendo, y no necesito ningún consejo de tu sucia boca.

—En verdad creo que estás loco. ¿Qué diría tu madre si se enterara de que estuviste en este bosque espantoso buscando a un presidiario?

—Lemmie, no te estoy pidiendo nada, y menos que me estés encima. Puedes regresar. Pete y yo seguiremos adelante y encontraremos a ese desgraciado, y luego iremos juntos, él y yo solos, y le diremos a toda esa gente que lo está buscando dónde está. ¿No es verdad, Pete? —y palmeó a un perro marrón canela que trotaba a su lado.

Caminaron un poco más sin hablar. El chico llamado Lemmie no se decidía. El bosque estaba oscuro y silencioso. A veces un pájaro aleteaba o cantaba entre los árboles, y cuando se acercaba al río, ellos podían oírlo moviéndose rápidamente entre las rocas y las pequeñas cascadas. Sí, todo estaba realmente silencioso. Lemmie detestaba la idea de volver caminando solo hasta la salida del bosque, pero más detestaba la idea de seguir con Jep.

—Bueno, Jep —dijo por fin—, creo que voy a regresar. No voy a seguir metiéndome en este lugar, no con todos estos árboles y arbustos que ese presidiario puede haber usado para esconderse y saltar sobre nosotros y matarnos.

—De acuerdo, vete, mariquita. Ojalá te agarre cuando estés cruzando el bosque solo.

—Bien, adiós. Supongo que te veré mañana en la escuela.

—Tal vez. Adiós.

Jep pudo oír a Lemmie corriendo por la maleza, los pies furtivos como un conejo asustado. «Eso es lo que es», pensó Jep, «sólo un conejo asustado. Qué pendejo este Lemmie. Nunca debimos traerlo con nosotros, ¿verdad, Pete?».

Lo preguntó en voz alta, y el viejo perro marrón canela, quizás asustado por la interrupción demasiado brusca del silencio, lanzó un ladridito rápido y temeroso.

Siguieron caminando en silencio. Cada tanto Jep se detenía y se quedaba escuchando atentamente el bosque. Pero no oía el menor sonido que indicara la presencia de alguien que no fuera él. A veces llegaban a un claro tapizado de suave musgo verde y sombreado por altos árboles de magnolias cubiertos de grandes flores blancas que olían a muerte.

«Tal vez debí haberle hecho caso a Lemmie. Este lugar realmente da miedo». Contempló las copas de los árboles, entre las que cada tanto aparecían unos parches azules. Estaba tan oscura esa parte del bosque. Casi como si fuera de noche. De pronto oyó un zumbido. Casi en ese mismo instante lo reconoció y se quedó paralizado de miedo; luego, Pete lanzó un aullidito breve y horrendo que rompió el hechizo. Se dio vuelta: una gran serpiente se preparaba para atacar por segunda vez. Jep saltó lo más lejos que pudo, tropezó y cayó boca abajo. ¡Dios, era el fin! Se obligó a mirar a su alrededor, esperando ver a la serpiente girando en el aire hacia él, pero cuando sus ojos pudieron hacer foco no encontraron nada. Luego vio la punta de una cola y un largo cordón de botones musicales reptando entre los matorrales.

Por unos minutos no pudo moverse; estaba aturdido por la conmoción y tenía el cuerpo entumecido por el terror. Se incorporó por fin sobre un codo y buscó a Pete, pero Pete ya no estaba a la vista. Saltó y empezó a buscar el perro frenéticamente. Cuando lo encontró, Pete había rodado hasta una zanja rojiza y yacía muerto en el fondo, tieso e hinchado. Jep no lloró; estaba demasiado asustado para eso.

¿Qué haría ahora? No sabía dónde estaba. Empezó a correr y luego a llorar como loco a través del bosque, pero no pudo encontrar el camino. Oh, ¿qué sentido tenía? Estaba perdido. Luego recordó el río, pero era inútil. Corría a través del pantano, y por momentos era demasiado profundo para vadearlo, y en verano seguro que estaba infestado de serpientes. Se acercaba la oscuridad, y los árboles empezaban a arrojar sombras grotescas sobre él.

«¿Cómo hará ese presidiario para permanecer aquí?», pensó. «Oh, Dios, ¡el presidiario! Me había olvidado de él. Debo salir de este lugar».

Corrió y corrió. Por fin llegó hasta uno de los claros. La luna brillaba justo en el centro. Parecía una catedral.

«Tal vez si me trepo a un árbol», pensó, «podré ver el campo y encontrar la manera de salir de aquí».

Miró a su alrededor buscando el árbol más alto. Había un

sicomoro flaco y erguido que casi no tenía ramas en la base. Pero Jep era bueno trepando. Quizá pudiera lograrlo.

Abrazó el tronco del árbol con sus pequeñas, fuertes piernas, y empezó a impulsarse hacia arriba, palmo a palmo. Trepaba dos pies y bajaba uno. Mantuvo la cabeza hacia atrás, buscando la rama más próxima a la que pudiera abrazarse. Cuando la alcanzó, se aferró a ella y dejó que las piernas soltaran el tronco y quedaran colgando. Por un segundo pensó que se desplomaría. Luego balanceó su pierna hacia la rama cercana y se sentó a horcajadas sobre ella, jadeando. Después de un rato siguió subiendo y trepando, rama tras rama. El suelo se alejaba más y más. Cuando llegó a la cima, alzó la cabeza por encima de la copa del árbol y miró en derredor, pero no pudo ver nada que no fueran árboles, árboles por todas partes.

Bajó hasta la rama más ancha y sólida del árbol. Se sentía seguro allí, tan lejos del suelo. Allí arriba nadie podía verlo. Tendría que pasar la noche en el árbol. Si tan sólo pudiera permanecer despierto y no dormirse. Pero estaba tan cansado que le parecía que todo giraba y giraba a su alrededor. Cerró los ojos un segundo y casi perdió el equilibrio. Salió del trance sobresaltado y se abofeteó las mejillas.

El silencio era tal que no oía los grillos ni la serenata nocturna de las ranas. No, todo era silencio y miedo y misterio. ¿Qué era eso? Saltó, asustado; oyó voces que se acercaban; ¡estaban casi debajo de él! Miró hacia abajo, hacia la tierra, y pudo ver dos figuras que se movían entre los matorrales. Se dirigían hacia el claro. ¡Oh, gracias a Dios! Debían de ser dos de los rastreadores.

Pero luego oyó una de las voces que gritaba, débil y asustada: «¡Basta! ¡Oh, por favor, déjeme ir! ¡Quiero ir a casa!».

¿Dónde había oído antes esa voz? Por supuesto, ¡era la voz de Lemmie!

Pero ¿qué hacía Lemmie tan adentro en el bosque? Si se había vuelto a su casa. ¿Quién lo tenía en su poder? Todos esos pensamientos se precipitaron en la mente de Jep; luego, de pronto, se le vino encima el sentido de lo que estaba sucediendo. ¡El presidiario prófugo tenía a Lemmie!

Una voz profunda y amenazante cortó el aire: «¡Cállate, mocoso!».

Podía oír el sollozo asustado de Lemmie. Ahora sus voces eran nítidas; estaban prácticamente debajo del árbol. Jep contuvo el aliento con temor. Podía oír los latidos de su corazón y le dolían los músculos contraídos del estómago.

—¡Siéntate aquí, niño —ordenó el presidiario—, y deja de gritar!

Jep vio que Lemmie caía indefenso al suelo y rodaba por el suave musgo, tratando desesperadamente de sofocar sus sollozos.

El presidiario seguía de pie. Era grande y musculoso. Jep no pudo verle el pelo; lo tenía cubierto con un enorme sombrero de paja, uno de los que llevan los presidiarios cuando trabajan en grupo, encadenados.

—Ahora dime, niño —exigió, sacudiendo a Lemmie—, ¿cuántos me están buscando?

Lemmie no dijo nada.

—¡Contéstame!

—No lo sé —contestó débilmente Lemmie.

—De acuerdo. Muy bien. Pero dime: ¿qué partes del bosque han revisado ya?

—No lo sé.

—Oh, maldito seas —el presidiario abofeteó a Lemmie, que sufrió un nuevo ataque de histeria.

«Oh, no, no, esto no puede estar sucediéndome», pensó Jep. «Todo es un sueño, una pesadilla. Despertaré y descubriré que nada de esto ocurrió».

Cerró los ojos y los abrió, en un intento físico de demostrar que todo era sólo una pesadilla. Pero el presidiario y Lemmie estaban allí; y allí estaba él, encaramado en el árbol, demasiado asustado incluso para respirar. Si sólo tuviera algo pesado, podría arrojarlo sobre la cabeza del presidiario y dejarlo seco. Pero no tenía nada. Interrumpió sus pensamientos a mitad de camino, pues el presidiario volvía a hablar.

—Bien, vámonos, niño; no podemos quedarnos aquí toda la noche. La luna también se ha ido; debe de estar por llover.

Y examinó el cielo a través de las copas de los árboles.

A Jep se le congeló la sangre de terror; el presidiario parecía estar mirando directamente la rama en la que él estaba sentado. Lo descubriría de un momento a otro. Jep cerró los ojos. Los segundos pasaron como horas. Cuando por fin tuvo el valor de volver a mirar, vio que el presidiario trataba de levantar a Lemmie del suelo. ¡Gracias a Dios, no lo había visto!

—Levántate, niño, antes de que te dé una paliza —dijo el presidiario.

Sostenía a Lemmie en el aire como una bolsa de papas. Luego, de pronto, lo dejó caer. «¡Deja de llorar!», le gritó. El tono de su voz era tan electrizante que Lemmie enmudeció en el acto. Algo estaba ocurriendo. El presidiario estaba de pie junto al árbol, escuchando atentamente el bosque.

Entonces lo oyó también Jep. Algo se acercaba a través de los matorrales. Oyó un chasquido de ramas y matas arañadas. Desde donde estaba sentado pudo ver qué era. Diez hombres cerraban un círculo alrededor del claro. Pero el presidiario sólo podía oír el ruido. No estaba seguro de qué sucedía; sintió pánico.

—¡Estamos aquí! —aulló Lemmie—: ¡aquí...!

Pero el presidiario lo había sujetado y apretaba furtivamente su rostro contra el suelo. El pequeño cuerpo se debatió y pataleó y luego, súbitamente, se aflojó y yació muy quieto. Jep vio cómo el presidiario retiraba su mano de la parte posterior de la cabeza del chico. Algo sucedía con Lemmie. Luego Jep lo comprendió en un fogonazo, como si simplemente lo supiera: ¡Lemmie estaba muerto! ¡El presidiario lo había asfixiado hasta matarlo!

Los hombres dejaron de acercarse en puntas de pie e irrumpieron furiosamente a través de la maleza. El presidiario vio que estaba atrapado; retrocedió contra el tronco del árbol de Jep y se puso a gemir.

Y luego todo había terminado. Jep aulló y los hombres alzaron los brazos para recogerlo. Saltó y aterrizó ileso en brazos de uno de los hombres.

El presidiario lloraba esposado.

—¡Maldito niño! ¡Todo por su culpa!

Jep miró hacia Lemmie. Uno de los hombres estaba inclinado sobre él. Jep oyó que se volvía hacia el hombre que estaba a su lado y le decía:

—Sí, está muerto.

Entonces Jep se echó a reír. Reía histéricamente, y por sus mejillas corrían lágrimas saladas y cálidas.

Si te olvido

Grace lo había esperado parada en el porche casi una hora. Esa tarde, cuando lo había visto en el pueblo, él le había dicho que estaría allí a las ocho. Eran casi las ocho y diez. Se sentó en el columpio del porche. Trató de no pensar en su llegada, de no mirar siquiera hacia la calle que llevaba a su casa. Sabía que si pensaba en eso nunca sucedería. Simplemente él no iría.

—¿Sigues allí, Grace? ¿No ha llegado aún?

—No, madre.

—Bueno, no puedes quedarte allí sentada toda la noche. Vuelve a entrar, vamos.

No quería volver a entrar, no quería tener que sentarse en esa sala vieja y sofocante y mirar a su padre leer el periódico y a su madre hacer crucigramas. Quería pasar la noche allí afuera, donde podía respirarla y olerla y tocarla. Le parecía tan palpable que podía sentir su textura de fino satén azul.

—Allí está, madre —mintió—, viene subiendo la calle, iré corriendo a su encuentro.

—No harás nada de eso, Grace Lee —dijo la voz sonora de su madre.

—¡Sí, madre, sí! Volveré enseguida.

Bajó tropezando los escalones del porche y saltó a la calle antes de que su madre pudiera decir algo más.

Había decidido que seguiría caminando hasta encontrarse con él, aun si tenía que recorrer todo el camino hasta su casa. Era una gran noche para ella; no exactamente una noche feliz, pero era una noche hermosa de todos modos.

Después de todos esos años, él iba a abandonar el pueblo. Qué raro iba a ser luego de que se hubiera ido. Ella sabía que después nada sería exactamente igual. Una vez, en la escuela, la señorita Saaron pidió a los alumnos que escribieran un poema y ella escribió un poema sobre él, un poema tan bueno que lo publicaron en el diario del pueblo. Lo había titulado «En el alma de la noche». Recitó los dos primeros versos mientras caminaba por la calle bañada de luna.

«Mi amor es una luz brillante y fuerte
que borra la oscuridad de la noche».

Una vez él le había preguntado si realmente lo quería. Ella había dicho: «En este momento te amo, pero sólo somos unos niños, es un amor de adolescentes». Pero sabía que había mentido, al menos que se había mentido a sí misma. Ahora, en este momento, sabía que lo amaba, y hace apenas un mes estaba segura de que todo era infantil y tonto. Pero ahora que sabía que él se iba, se dio cuenta de que no era así. Una vez, luego del episodio del poema, él le había dicho que no debía tomárselo tan a pecho; después de todo, ella sólo tenía dieciséis años. «A los veinte, cuando alguien mencione nuestro nombre al otro, probablemente ni siquiera reconozcamos el nombre». Eso la hizo sentir muy mal. Sí, probablemente él la olvidaría. Y ahora él se iba y ella quizá no volvería a verlo. Él se convertiría en el gran ingeniero que quería ser y ella seguiría sentada allí, en un pueblito sureño del que nadie había oído hablar. «Quizá no me olvide», se dijo ella. «Quizá vuelva y me saque de aquí y me lleve a algún lugar grande como Nueva Orleans o Chicago o incluso Nueva York». De sólo pensarlo se volvía loca de felicidad.

El perfume de los bosques de pino que flanqueaban el camino la hizo pensar en lo bien que la habían pasado haciendo picnics y andando a caballo y bailando.

Recordó cuando él le pidió que lo acompañara a la fiesta de promoción de tercero. Eso fue cuando acababa de conocerlo. Era tan apuesto, y ella estaba tan orgullosa: nadie hubiera pensado que la pequeña Grace Lee, con sus ojos verdes y sus pecas, se llevaría un trofeo como ése. Estaba tan orgullosa y tan entusiasmada que casi había olvidado cómo se bailaba. Qué incómoda se había sentido cuando se equivocó de paso y lo pisó y se le corrieron las medias de seda.

Y justo cuando se había convencido de que era amor verdadero, apareció su madre y dijo que sólo eran un par de niños, y que era imposible que los niños supieran lo que era el «afecto» real, como lo llamó.

Entonces las chicas del pueblo, moradas de envidia, iniciaron una campaña de desprestigio contra Grace Lee. «Mira a esa tontita», murmuraban, «mira cómo se arroja a sus pies», «no es más que una... una prostituta». «Daría un penique por saber qué estuvieron haciendo esos dos, pero supongo que sería demasiado para mis oídos».

Apresuró el paso, se enfureció de sólo pensar en esas mojigatas presuntuosas. Nunca olvidaría la pelea que tuvo con Louise Beavers la vez que la sorprendió leyendo en voz alta una carta que ella había escrito, ante las risas de un grupo de chicas de la escuela. Louise había robado la carta de uno de los libros de Grace, y la leía en voz alta con amplios gestos burlones, riéndose de cosas que no eran en absoluto divertidas.

«Oh, bueno, no son más que tonterías triviales», pensó.

La luna brillaba en el cielo intensamente, con pequeñas nubes pálidas y débiles que le colgaban como un delicado mantón de encaje. La contempló. Pronto llegaría a la casa de él. Sólo había que subir esa colina y bajar. Era una linda casita, firme y sólida. Un lugar perfecto para él, pensó.

A veces le parecía que ese amor de adolescentes era demasiado sentimental, pero ahora estaba segura de que no. Él se iba a ir. Se iba a vivir con su tía en Nueva Orleans. Su tía era artista, y eso mucho no le gustaba. Había oído decir que los artistas eran gente rara.

Recién ayer le había dicho que se iba. También él debía de estar un poco asustado, pensó ella, y ahora la que está asustada soy yo. Oh, qué feliz deben de estar todos ahora que él se va y ella ya no lo tendrá. Hasta podía ver sus caras sonrientes.

Se sacudió el fino pelo rubio de los ojos. Un viento frío soplaba entre las copas de los árboles. Estaba llegando a la cresta de la colina y de pronto supo que él se acercaba del otro lado y que se encontrarían en la cima. El calor la invadió, tan cierta era su premonición. No quería llorar, quería sonreír. Tanteó en su bolsillo la foto de ella que él le había pedido que llevara. Era una instantánea barata que le había sacado un hombre en una feria que había pasado por el pueblo. Ni siquiera se le parecía mucho.

Ahora que casi había llegado no quería seguir avanzando. Mientras no le dijera adiós, seguiría teniéndolo. Fue y se sentó a esperarlo en el blando pasto nocturno al costado del camino.

«Mi única esperanza», dijo mientras contemplaba el cielo oscuro, lleno de luna, «es que no me olvide. Supongo que eso es lo único que tengo derecho a esperar».

La señorita Belle Rankin

Tenía ocho años la primera vez que vi a la señorita Belle Rankin. Era un día caluroso de agosto. El sol declinaba en el cielo manchado de rojo, y el calor brotaba seco y vibrante de la tierra.

Yo estaba sentado en el porche, mirando a una negra que se acercaba y preguntándome cómo podía llevar sobre la cabeza semejante atado de ropa sucia. Se detuvo y respondió a mi saludo con una risa, esa risa oscura y arrastrada de los negros. Fue entonces cuando la señorita Belle vino caminando despacio desde el lado opuesto de la calle. La lavandera la vio y, como súbitamente asustada, se interrumpió en medio de una frase y siguió a toda prisa rumbo a su destino.

Miré larga y atentamente a esa desconocida de paso capaz de provocar un comportamiento tan extraño. Era menuda y vestía toda de negro, con ropa polvorienta y manchada; parecía increíblemente vieja y arrugada. Delgados mechones de pelo gris le cruzaban la frente, húmedos de transpiración. Caminaba con la cabeza baja, mirando la vereda sin pavimentar, casi como si buscara algo que hubiera perdido. Un viejo perro negro y marrón la seguía, moviéndose sin rumbo tras las huellas de su ama.

Más tarde la vi muchas veces, pero esa primera visión, casi como de sueño, siempre será la más clara: la señorita Belle caminando silenciosamente por la calle, levantando nubecitas de polvo rojo con los pies mientras iba desapareciendo en el crepúsculo.

Años más tarde yo estaba sentado en la tienda que el señor Joab tiene en la esquina, bebiendo uno de los batidos especiales del señor Joab. Estaba en uno de los extremos de la barra, y en el otro estaban sentados dos de los vaqueros de pacotilla conocidos en el pueblo y un extraño.

El extraño tenía un aspecto mucho más respetable que la gente que suele ir a lo del señor Joab. Pero fue lo que decía con su voz lenta y ronca lo que me llamó la atención.

—¿Saben ustedes de algún membrillo japonés que esté en venta por aquí? Estoy juntando algunos para una mujer del este que está haciéndose una casa en Natchez.

Los dos muchachos se miraron y uno de ellos, uno gordo de ojos grandes orgulloso de tomarme el pelo, dijo: «Le diré, señor, la única persona conocida de por aquí que tiene unos lindos es una muñeca vieja y rara, la señorita Belle Rankin. Vive a un kilómetro de aquí, en un lugar muy extraño, viejo y derruido, construido algún tiempo antes de la guerra civil. Muy raro, sí, pero si lo que busca son membrillos japoneses, ella tiene los más lindos que yo haya visto».

—Sí —chilló el otro, que era rubio y estaba lleno de granos y era el secuaz del gordo—, ella debería de vendérselos. Por lo que sé, se está muriendo de hambre; no tiene nada, salvo un viejo negro que vive en el lugar y se la pasa escardando un pedazo de maleza que llaman el jardín. El otro día oí que fue al mercado de Jitney Jungle y estuvo eligiendo unas verduras podridas y consiguió que Olie Peterson se las regalara. La bruja más rara que se haya visto. Parece como si pudiera multiplicarse por cien en la oscuridad. Los negros están aterrados con ella.

Pero el extraño interrumpió el torrente de información del muchacho y preguntó:

—¿Así que piensan que podría vendérmelos?

—Seguro —dijo el gordo con una mueca de autoridad en la cara.

El hombre les agradeció y empezó a irse, pero se volvió de pronto y dijo: «¿Qué les parece, muchachos, si vamos hasta allí y me muestran dónde es? Luego los traeré de vuelta».

Los dos vagos asintieron rápidamente. Siempre estaban ansiosos por que los vieran andar en auto, especialmente con desconocidos; así daba la impresión de que tenían contactos, y además siempre estaban los inevitables cigarrillos.

Una semana después volví a lo del señor Joab y me enteré de lo que había pasado.

El gordo lo contaba con mucho fervor ante un público compuesto por el señor Joab y por mí. Cuanto más hablaba, más gritaba y más dramático se ponía.

—Les digo que a esa vieja bruja habría que echarla del pueblo. Está loca como un plumero. Para empezar, llegamos allí y trata de espantarnos del lugar. Después manda a ese perro viejo a perseguirnos. Apostaría a que el bicho ese es más viejo que ella. En fin, el pichicho trató de arrancarme un pedazo de cuerpo, así que le pegué una patada directo a los dientes, y ahí ella empieza con ese aullido espantoso. Al final ese negro viejo que tiene consigue tranquilizarla lo suficiente para que podamos hablar con ella. El señor Ferguson, el extraño, le explicó que quería comprarle sus flores, esos viejos membrillos. Ella dice que no sabe nada de eso, que además no vendería ninguno de sus árboles, porque los quiere más que a cualquier otra cosa que tenga. Pero esperen a escuchar esto: el señor Ferguson le ofreció doscientos dólares por uno solo de esos árboles. ¿Pueden creerlo? ¡Doscientos dólares! La vieja le dijo que se fuera de allí, así que al final nos dimos cuenta de que era inútil y nos fuimos. El señor Ferguson también estaba muy decepcionado; contaba realmente con conseguir esos árboles. Decía que eran de los más hermosos que hubiera visto.

Se reclinó y respiró profundamente, agotado por su largo monólogo.

—Demonios —dijo—, ¿qué pueden tener esos árboles como para tirar doscientos pavos en ellos? Granos de maíz seguro que no.

Me fui de lo del señor Joab y pensé en la señorita Belle durante todo el camino a casa. Había pensado en ella a menudo. Parecía demasiado vieja para estar viva; qué terrible ser tan vieja. No entendía por qué se aferraba tan desesperadamente a los membrillos. Eran hermosos, pero ella era tan pobre... Bueno, yo era joven y ella era muy vieja, le quedaba muy poca vida. Yo era tan joven que nunca había pensado que alguna vez sería viejo, que moriría.

Era primero de febrero. Un amanecer gris, opaco, cruzaba el cielo de manchas perladas. Afuera hacía frío y todo estaba quieto, aunque ráfagas intermitentes de un viento famélico se devoraban las ramas grises y peladas de los grandes árboles que rodeaban las ruinas de la alguna vez majestuosa Rose Lawn, la casa donde vivía la señorita Rankin.

Cuando ella despertó, la habitación estaba fría y largas lágrimas de hielo colgaban de los aleros del techo. Se estremeció un poco al contemplar toda esa monotonía. Se deslizó con esfuerzo fuera del colorido edredón de retazos.

Arrodillada ante la chimenea, encendió las ramas muertas que Len había juntado el día anterior. Su pequeña mano, temblorosa y amarilla, luchó con el fósforo y la superficie raspada de la lija.

El fuego ardió tras un momento; luego se oyó el crujido de la madera y la arremetida de las llamas que saltaban, como un estertor de huesos. Permaneció un instante junto al resplandor cálido y luego se movió indecisa hacia el lavamanos congelado.

Una vez vestida, fue hasta la ventana. Empezaba a nevar, esa nieve ligera y aguachenta que cae en los inviernos del sur. Se derretía tan pronto como tocaba el suelo, pero la señorita Belle, que pensaba en el largo camino que haría ese día para buscar comida en el pueblo, se sentía mal, un poco mareada. Entonces suspiró: había visto que los membrillos estaban floreciendo. Nunca los había visto tan hermosos. Los pétalos, de color rojo vivo, estaban congelados, inmóviles.

Una vez, recordaba, años atrás, cuando Lillie era una niña, había recogido canastos enteros de ellos, y llenado los altos cuartos vacíos de Rose Lawn con su fragancia sutil, y Lillie los había robado y se los había regalado a los niños negros. ¡Qué furiosa se había puesto! Pero ahora, al recordarlo, sonreía. Hacía al menos doce años desde la última vez que había visto a Lillie.

Pobre Lillie, ahora también ella es una vieja. Yo tenía apenas diecinueve años cuando nació, y era joven y hermosa. Jed solía decir que era la chica más hermosa que jamás había conocido. Pero de eso hacía ya mucho tiempo. No puedo recordar exactamente cuándo empecé a ponerme así. No puedo recordar cuándo empecé a empobrecerme, cuándo empecé a envejecer. Supongo que fue después de que Jed se fuera. Me pregunto qué habrá sido de él. Simplemente se despertó y me dijo que estaba fea y gastada y se fue y me dejó sola, salvo por Lillie. Y Lillie no era buena, no.

Se cubrió la cara con las manos; recordar le seguía causando dolor, y sin embargo, casi todos los días recordaba esas mismas cosas, que a veces la volvían loca y la hacían gritar y llorar, como la vez que apareció ese hombre con esos dos idiotas burlones y quiso comprarle sus membrillos. Nunca los vendería; nunca. Pero el hombre le daba miedo; tenía miedo de que se los robara, y ella qué podía hacer. La gente se reiría de ella. Y por eso les había gritado; por eso los odiaba a todos.

Len entró en el cuarto. Era un negro menudo, viejo y encorvado, con una cicatriz que le cruzaba la frente.

—Señorita Belle —preguntó con una voz jadeante—, ¿piensa ir al pueblo? Si fuera usted, yo no iría, señorita Belle. Está bastante feo todo por ahí.

Cuando hablaba, su boca escupía una ráfaga de vapor ahumado en el aire frío.

—Sí, Len, debo ir al pueblo hoy. Voy a salir en un ratito. Quiero estar de regreso antes del anochecer.

Afuera, el humo de la antigua chimenea se elevaba en nubes rizadas y perezosas y colgaba sobre la casa en una niebla azul, como si estuviera congelado, hasta que era arrastrado por una ráfaga de viento implacable.

Ya estaba bastante oscuro cuando la señorita Belle empezó a trepar la colina rumbo a su casa. Se hacía de noche rápido en esos días de invierno. Tan rápido, esa vez, que al principio la asustó. No hubo brillo en la puesta de sol, sólo el gris perla del cielo ensombreciéndose en un negro intenso. Seguía nevando y el camino estaba embarrado y frío. El viento soplaba más fuerte y se oía el crujido nítido de las ramas secas. Tenía el cuerpo inclinado por la carga de la pesada canasta. Había sido un buen día. El señor Johnson le había dado casi un tercio de un jamón y la pequeña

Olie Peterson unas cuantas verduras invendibles. No tendría que volver al menos por dos semanas.

Cuando llegó a la casa se detuvo un instante a respirar, dejando que el cesto se deslizara al suelo. Luego caminó hasta el borde del terreno y empezó a recoger algunas de las grandes flores de membrillo, parecidas a rosas; se aplastó una contra la cara, pero no sintió su tacto. Juntó un montón de flores y volvió al cesto, y de pronto pensó que escuchaba una voz. Permaneció inmóvil, escuchando, pero sólo el viento le contestó.

Sintió que se desmoronaba sin poder evitarlo; buscó apoyo en la oscuridad, pero no encontró más que vacío. Trató de pedir ayuda a gritos, pero no le salió sonido alguno. Sentía grandes olas de vacío extendiéndose sobre ella; escenas fugaces la atravesaban. Su vida: pura futilidad, y una visión momentánea de Lillie, de Jed, y una imagen nítida de su madre con un bastón largo y delgado.

Recuerdo que era un día frío de invierno cuando la tía Jenny me llevó al lugar viejo y derruido donde vivía la señorita Belle. La señorita Belle había muerto durante la noche; la había encontrado un viejo de color que vivía en el lugar. Casi toda la gente del pueblo se acercó a echar un vistazo. Todavía no se la habían llevado porque el forense no había dado la autorización. De modo que la vimos tal como había muerto. Era la primera vez que veía a una persona muerta, y no la olvidaré.

Yacía en el patio, junto a esos membrillos suyos. Todas las arrugas de su cara se habían suavizado, y había flores brillantes dispersas por todas partes.

Parecía muy pequeña y realmente joven. Tenía unos copitos de nieve en el pelo, y una de esas flores se apretujaba contra su mejilla. Me pareció que era una de las cosas más hermosas que hubiera visto.

Todo el mundo hablaba de lo triste que era y todo eso, pero a mí me parecía extraño, porque eran los mismos que solían reírse y bromear sobre ella.

Pues bien, la señorita Belle Rankin era ciertamente una mujer extraña, probablemente un poco loca, pero se veía realmente hermosa esa fría mañana de febrero con esa flor apretada contra su mejilla, allí tendida, tan quieta y tranquila.

Hilda

I

—Hilda, Hilda Weber, ¿puedes venir un momento?

Se dirigió rápidamente hacia el frente de la sala y se detuvo junto al escritorio de la señorita Armstrong.

—Hilda —dijo la señorita Armstrong con calma—, el señor York quisiera verte luego de la clase.

Hilda la miró interrogativamente un instante, luego sacudió la cabeza, el negro pelo balanceándose de lado a lado y cubriéndole en parte su agradable rostro.

—¿Está segura de que es a mí, señorita Armstrong? No he hecho nada —su voz sonaba asustada pero muy madura para una muchacha de dieciséis años.

La señorita Armstrong parecía molesta:

—No hago más que comunicarte lo que dice esta nota —le tendió un trozo de papel blanco a la alta muchacha.

Hilda Weber - oficina - 3.30

Señor York. Director

Hilda volvió lentamente a su pupitre. El sol brillaba intensamente a través de la ventana y ella parpadeó. ¿Por qué la citaban de la Dirección? Era la primera vez que la llamaban para ver al director, y llevaba ya casi dos años en la escuela Mount Hope.

II

En alguna parte de su mente había un vago temor. Sentía que sabía por qué quería verla el director; pero no, no podía ser por eso, nadie lo sabía, nadie lo sospechaba siquiera. Ella era Hilda Weber: trabajadora, estudiosa, tímida, modesta. Nadie sabía. ¿Cómo hubieran podido saber?

Sintió algún alivio. El señor York debía de querer verla por otro motivo. Tal vez quería que formara parte de la comisión encargada de la graduación. Sonrió débilmente y recogió su libraco de latín verde.

Cuando sonó el timbre del recreo, Hilda fue directamente a la oficina del señor York. Le mostró la nota a la complaciente secretaria de la recepción. Cuando le dijeron que pasara, creyó que se le iban a enredar las piernas. Se estremeció de nervios y ansiedad.

Hilda había visto al señor York en los pasillos de la escuela y lo había oído hablar en asambleas escolares, pero no recordaba haber hablado personalmente con él. Era un hombre alto con un rostro fino coronado por una gran espuma de pelo rojo. Sus ojos, de un azul pálido, eran por ahora muy agradables.

Lívida, con ojos afligidos, Hilda entró a la pequeña oficina amueblada con modestia.

III

—¿Es usted Hilda Weber? —Sus palabras eran más una declaración que una pregunta. La voz del señor York era grave y agradable.

—Sí, señor, soy yo.

Hilda estaba sorprendida por la tranquilidad de su propia voz. Por dentro se sentía fría y nerviosa, y sus manos aferraban los libros con tanta fuerza que podía sentir el sudor tibio. Era terrible y espantoso tener que ver al director, pero los ojos amistosos de él la desarmaron.

—Veo por su legajo —tomó una gran tarjeta amarilla— que es una alumna brillante, que llegó aquí procedente de un pensionado de Ohio y que es estudiante de la preparatoria de Mount Hope. ¿Es correcto? —preguntó.

Ella asintió con la cabeza y lo miró atentamente.

—Dígame, Hilda: ¿qué es lo que más le interesa?

—¿En qué sentido, señor? —ella tenía que estar en guardia.

—Bueno, en el sentido de lo que piensa hacer en el futuro —él se puso a darle vueltas a un llavero dorado que había tomado del escritorio.

—Bueno, no lo sé, señor. Creo que me gustaría ser actriz, siempre me ha interesado mucho el teatro —sonrió, y apartó la mirada de la delgada cara de él para posarla en la borrosa cadena que daba vueltas.

—Ya veo —dijo—. Se lo pregunto sólo porque me gustaría entenderla. Es muy importante que la entienda —giró con su silla y quedó sentado de frente al escritorio—. Sí, muy importante.

Ella notó que su aire de informalidad había desaparecido.

IV

Ella jugueteó con sus libros nerviosamente. Todavía no la habían acusado de nada, pero sabía que se había ruborizado. Se sintió completamente acalorada. De pronto la habitación cerrada se le volvió intolerable.

Él posó la cadena. Se preparaba para hablar. Ella lo supo porque oyó nítidamente cómo tomaba aire, pero no se atrevía a mirarlo porque sabía lo que estaba a punto de decirle.

—Hilda, supongo que sabe que ha habido muchos problemas de robos en los armarios de las muchachas —hizo un segundo de pausa—. Es algo que viene sucediendo desde hace cierto tiempo, pero aún no hemos podido atrapar a la muchacha que roba a sus compañeras —era severo e intencionado—. ¡En esta escuela no hay lugar para ladronas! —dijo muy serio.

Hilda clavó la mirada en sus libros. Sintió cómo le temblaba el mentón y se mordió los labios. El señor York se incorporó a medias en su asiento y volvió a sentarse. Permanecieron sentados en un silencio tenso, incómodo. Por fin él abrió un cajón y sacó una pequeña caja azul y la vació en el escritorio. Dos anillos de oro, un brazalete de dijes y algunas monedas.

—¿Reconoce estas cosas? —preguntó.

Las contempló un largo rato. Cuarenta y cinco segundos. Se le borroneaban ante los ojos.

—Pero yo no las robé, señor York. Si es eso lo que me quiere decir.

V

Él suspiró.

—Las encontraron en su armario. Por otro lado... ¡llevamos algún tiempo vigilándola!

—Pero yo no... —se detuvo, era inútil.

Por fin el señor York dijo:

—Pero lo que no logro entender es por qué una chica como usted querría hacer este tipo de cosas. Usted es brillante y, hasta donde puedo darme cuenta, viene de una buena familia. Francamente, estoy muy desconcertado.

Ella seguía en silencio, toqueteando sus libros y sintiendo que las paredes se acercaban y la apretaban, como si algo tratara de asfixiarla.

—Bueno —prosiguió él—. Si no piensa darme ninguna explicación, me temo que poco es lo que puedo hacer por usted. ¿Se da cuenta de lo grave que es este delito?

—No es eso —carraspeó ella—, no es que no quiera decirle por qué robé esas cosas. Es sólo que no sé cómo decírselo, porque yo misma no lo sé.

Sus estrechos hombros se sacudieron; temblaba con violencia.

Él la miró a la cara: qué difícil era castigar la fragilidad de un niño. Estaba visiblemente emocionado, lo sabía. Fue hasta la ventana y ajustó la persiana.

La muchacha se incorporó. La asaltó un odio nauseoso por esa oficina y esas baratijas brillantes sobre el escritorio. Podía oír la voz del señor York; sonaba lejana y remota.

VI

—Esto es muy grave, me temo que tendré que hablar con sus padres.

Los ojos de ella se abrieron, asustados.

—¿Va a tener que contarles a mis...?

—Por supuesto —contestó el señor York.

De pronto ya no le importó nada que no fuera salir de esa pequeña oficina blanca con sus muebles feos y su ocupante pelirrojo y los anillos y el brazalete y las monedas. ¡Los detestaba!

—Puede irse.

—Sí, señor.

Cuando se fue de la oficina, él estaba ocupado metiendo las baratijas de nuevo en la cajita azul. Hilda atravesó despacio la recepción y caminó por el largo pasillo vacío y salió a la brillante luz del sol de la tarde de abril.

Entonces, de golpe, se puso a correr, y corrió más y más rápido por la calle de la escuela y a través del pueblo y por la avenida principal. No le importó que la miraran; lo único que quería era alejarse lo más posible. Llegó corriendo hasta el otro lado del pueblo y se metió en el parque. Había sólo unas pocas mujeres con sus cochecitos de bebé. Se desplomó en uno de los bancos libres y se apretó el costado, que le dolía. Al cabo de un momento dejó de dolerle, abrió el gran libro verde de latín y, amparada por sus portadas, se puso a llorar suavemente, toqueteando sin darse cuenta el llavero dorado en su regazo.

La tienda Mill

La mujer miró por la ventana trasera de la tienda Mill, cautivada por los niños que jugaban felices en el agua radiante del arroyo. No había una nube en el cielo, y el sol del sur calentaba la tierra. La mujer se secó el sudor de la frente con un pañuelo rojo. El agua corría rápido por las piedritas del arroyo radiante y parecía fresca y tentadora. Si esos chicos no estuvieran allí, pensó, juro que iría y me metería en esa agua y me refrescaría.

Casi todos los sábados llegaba gente del pueblo y hacía picnics y pasaba la tarde dándose un banquete en las orillas blancas del arroyo Mill, mientras los niños se metían en las aguas poco profundas. Esa tarde, un sábado de fines de agosto, se preparaba un picnic escolar de domingo. Tres mujeres mayores, maestras de la escuela dominical, iban y venían por la zona de sombra, ocupándose agitadas de sus jóvenes cargas.

La mujer que miraba desde la tienda Mill volvió la vista hacia el interior de la tienda, comparativamente oscuro, y buscó a su alrededor un paquete de cigarrillos. Era una mujer corpulenta, oscura, quemada por el sol. Tenía el pelo negro, abundante y corto. Llevaba un vestido barato de percal. Prendió el cigarrillo y el humo le hizo fruncir el ceño. Torció la boca en una mueca. Eso era lo único malo del maldito cigarrillo; le hacía doler las úlceras de la boca. Inhaló bruscamente; la succión alivió momentáneamente la punzante irritación.

Debe de ser el agua, pensó. No estoy acostumbrada a tomar esta agua de pozo. Había llegado al pueblo hacía sólo tres semanas, en busca de trabajo. El señor Benson le había conseguido uno, la posibilidad de trabajar en la tienda Mill. No le gustaba estar allí. Quedaba a ocho kilómetros del pueblo y ella no era lo que se dice propensa a caminar. Era un lugar demasiado tranquilo, y a la noche, cuando oía a los grillos cantar y a las ranas croar sus gritos solitarios, la asaltaban lo que ella llamaba los «chuchos».

Miró el reloj despertador barato. Eran las tres y media, la hora más solitaria e interminable de su día. La tienda era un lugar sofocante, olía a kerosén y a harina de maíz y a caramelos rancios. Se apoyó contra la ventana. El ardiente sol de la tarde de agosto colgaba en el cielo.

La tienda se encontraba sobre una orilla de arcilla roja que subía abruptamente desde el arroyo. De un lado había un gran molino derruido que nadie había usado en los últimos seis o siete años. Un desvencijado dique de madera gris contenía las aguas estancadas del río, que corría por el bosque como una cinta verde opalescente. Los excursionistas tenían que pagar un dólar en la tienda para usar el lugar y pescar en el estanque del dique. Un día había ido al estanque a pescar, pero todo lo que había sacado era un par de bagres escuálidos y dos víboras. Cómo se puso a llorar cuando recogió las serpientes que se retorcían, exhibiendo sus finos cuerpos al sol, las venenosas bocas de algodón enganchadas en el anzuelo. Luego de sacar la segunda, tiró la caña y corrió de regreso a la tienda y pasó el resto del húmedo día consolándose con revistas de cine y una botella de *bourbon*.

Pensó en eso mientras miraba a los niños salpicándose en el agua. Se rió un poco, pero esas criaturas flacas no dejaban de darle miedo.

De pronto, una voz joven y tímida dijo a sus espaldas:

—¿Señorita...?

Sorprendida, se dio vuelta de un salto con aire feroz:

—No debes andar a hurtadillas... ¿Qué quieres, niña?

Una niña pequeña señalaba una vitrina antigua llena de dulces baratos: gomitas, pastillas, palillos de menta y caramelos duros desperdigados. La niña indicaba el artículo deseado y la mujer lo tomaba y lo arrojaba en una pequeña bolsa de papel marrón. La mujer miraba a la niña con intensidad mientras elegía lo que compraba. Le recordaba a alguien. Los ojos de la niña. Eran brillantes, como burbujas de vidrio azul. Un pálido cielo azul. El pelo le caía en ondas casi hasta los hombros. Un pelo delicado, color miel. Sus piernas y su cara y sus brazos eran de un marrón oscuro, casi negro. La mujer se dio cuenta de que la niña debía de haber pasado mucho tiempo al sol. No podía evitar mirarla.

La niña dejó de comprar y preguntó tímidamente:

—¿Pasa algo conmigo? —se miró el vestido para ver si se le había roto.

La mujer se sintió avergonzada. Bajó rápidamente la vista y se puso a enrollar el extremo de la bolsa.

—¿Por qué? No, no, para nada...

—Ah, pensé que pasaba algo, porque me estaba mirando de una manera tan rara... —la niña parecía calmada.

La mujer se apoyó contra el mostrador mientras tendía la bolsa a la niña y le tocó el pelo. No pudo evitarlo. Parecía tan abundante, como una manteca dulce.

—¿Cómo te llamas, niña? —preguntó.

La niña la miró asustada.

—Elaine —dijo.

Tomó la bolsa, dejó unas monedas tibias en el mostrador y salió a toda prisa de la tienda.

—Adiós, Elaine —dijo la mujer, pero la niña ya estaba fuera de la tienda y atravesaba a la carrera el puente para reunirse con sus amigos.

Qué cosa extraña, pensó. Los ojos de la niña son exactamente como los de él. Esos malditos ojos. Se sentó en una silla en el rincón de la tienda, dio una última pitada al cigarrillo y lo aplastó contra el piso. Inclinó la cabeza hacia su regazo y cayó en un semisueño caluroso. Dios, pensó mientras dormitaba, esos ojos y, gimió, estas malditas úlceras.

La despertaron cuatro muchachos que le sacudían los hombros y andaban de aquí para allá, frenéticos, en la tienda.

—Despierte —gritaban—. ¡Despierte!

Los miró, todavía medio dormida. Tenía las mejillas completamente calientes. Las úlceras le ardían en la boca. Se las barrió descuidadamente con la lengua.

—¿Qué sucede? —preguntó—. ¿Qué sucede?

—¿Tiene usted teléfono? ¿O un auto, señorita, por favor? —preguntó alterado uno de los chicos.

—No, no tengo —dijo ella, ahora totalmente despierta—. ¿Cuál es el problema? ¿Qué ha pasado? No habrá estallado el dique, ¿verdad?

Los chicos saltaban de un lado para el otro. Estaban demasiado alterados para quedarse quietos. Simplemente saltaban mientras se lamentaban:

—¡Ay, qué vamos a hacer! ¡Se va a morir, se va a morir!

La mujer iba poniéndose nerviosa.

—¿Qué demonios sucede? ¡Díganmelo, rápido!

—Una serpiente picó a un niño —sollozó un niño pequeño y rollizo.

—¡Dios mío! ¿Dónde?

—Abajo, en el arroyo —señaló a través de la ventana.

La mujer salió precipitadamente de la tienda. Cruzó volando el puente y bajó a la playa pedregosa. Un montón de gente se había reunido al final de la playa. Una de las maestras de escuela dominical iba y venía entre la muchedumbre, gritando con desesperación. Algunos niños permanecían a un costado, pasmados de horror y asombro ante eso que había arruinado su fiesta.

La mujer se abrió paso entre la muchedumbre y vio a la niña que yacía en la arena. Era la niña de los ojos como burbujas de brillante vidrio azul.

—¡Elaine! —gritó la mujer.

Todos se volvieron hacia la recién llegada. Se arrodilló junto a la niña y miró la herida. Se estaba agrandando y cobrando color. La niña temblaba y sollozaba y se golpeaba la cabeza con la mano.

—¿Tiene usted un auto? —preguntó la mujer a una de las maestras—. ¿Cómo llegaron aquí?

—Caminando —contestó la otra mujer, con miedo y perplejidad en los ojos.

La mujer aplaudió con rabia.

—Escuchen —dijo—. La niña está grave y puede morir.

Todos la miraron. ¿Qué podían hacer? Estaban desamparados, eran sólo tres estúpidas mujeres y un montón de niños.

—De acuerdo, de acuerdo —gritó la mujer—. Tú, corre

hasta el lugar y trae un par de pollos. Ustedes vayan corriendo al pueblo a buscar un médico. Rápido, rápido. No tenemos ni un minuto que perder.

—Pero ¿qué podemos hacer ahora por la niña? —preguntó una de las mujeres.

—Les voy a mostrar —dijo la mujer.

Se arrodilló junto a la niña y miró la herida. La zona estaba ahora muy hinchada. Sin vacilar, la mujer se inclinó y hundió la boca en la herida. Chupó y chupó; luego de unos segundos paraba y escupía un poco de fluido. Ya no quedaban más que unos pocos niños y una de las maestras, que miraban con horrorizada fascinación y admiración. La cara de la niña se puso del color de la tiza y se desvaneció. La mujer escupió tragos de saliva mezclada con veneno. Por fin se incorporó y corrió hacia el arroyo. Se limpió la boca con agua haciendo gárgaras furiosas.

Llegaron los chicos con los pollos. Tres gallinas grandes y gordas. La mujer sostuvo una por las patas y la abrió con una navaja. La cálida sangre corrió por todas partes.

—La sangre se chupará lo que haya quedado de veneno —explicó.

Cuando el pollo se puso verde, abrió otro y lo puso contra la herida de la niña.

—Ahora vamos —dijo—. Levántenla y llévenla a la tienda. Allí esperaremos al médico.

Los chicos se precipitaron ansiosamente, y combinando esfuerzos lograron llevarla de manera confortable. Cruzaban el puente cuando la maestra de escuela dijo:

—Realmente no sé cómo podemos agradecerle. Fue tan, fue tan...

La mujer la empujó haciéndola a un lado y se apuró a cruzar el puente. Las úlceras le ardían horriblemente por el veneno, y cuando pensó en lo que acababa de hacer se sintió espantosamente mal.

La polilla en la llama

Primera parte

Em se había pasado toda la tarde tirada en la cama de acero. Un pedazo de manta le cubría las piernas. Estaba allí tirada y pensaba. El tiempo estaba frío aun para Alabama.

George y los demás hombres del campo estaban buscando a la vieja loca de Sadie Hopkins. Se había escapado de la cárcel. Pobre vieja Sadie, pensó Em, corriendo por todos esos pantanos y campos. Solía ser una chica tan linda. Sólo que se metió con los tipos equivocados, supongo. Y se volvió completamente loca.

Em miró por la ventana de su cabaña; el cielo estaba oscuro, color gris pizarra, y en los campos los surcos parecían congelados. Tiró de la manta para taparse un poco más. El lugar era realmente solitario, no había otra granja a seis kilómetros a la redonda, campos de un lado, pantano y bosque del otro. Sintió que tal vez había nacido para estar sola, igual que cierta gente nacía ciega o sorda.

Miró la pequeña habitación, las cuatro paredes que la rodeaban. Se sentó en silencio, escuchando el reloj despertador barato, tic tac, tic tac.

De pronto, la sensación más extraña trepó por su espalda, una sensación de miedo y horror. Sintió un hormigueo en el cuero cabelludo. Supo, como en un destello de luz enceguecedora, que había alguien que la miraba, alguien parado muy cerca que la miraba con ojos fríos, calculadores, dementes.

Por un momento permaneció tan inmóvil que pudo escuchar el latido de su corazón, y el reloj sonó como una maza golpeando contra un tronco hueco. Em supo que no estaba imaginando cosas; supo que su miedo tenía una razón de ser; lo supo por instinto, un instinto tan claro y vital que le invadió todo el cuerpo.

Se levantó despacio y examinó todo el cuarto. No vio nada; y sin embargo, sentía que alguien estaba mirándola, siguiendo cada uno de sus movimientos.

Tomó lo primero que tocó, un pedazo de tronco. Luego se atrevió a preguntar:

—¿Quién está allí? ¿Qué quiere?

Sus preguntas tropezaron con el silencio. Pese al frío real que hacía, sintió que se acaloraba; le ardían las mejillas.

—Sé que está ahí —gritó histéricamente—. ¿Qué es lo que quiere? ¿Por qué no sale a la luz? Vamos, salga...

Entonces escuchó una voz cansada, asustada, a sus espaldas.

—Soy yo, Em. Sadie. Sadie Hopkins.

Em se dio vuelta. La mujer parada frente a ella estaba semidesnuda, y el pelo le colgaba salvaje de la cara arañada y magullada. Sus piernas estaban completamente manchadas de sangre.

—Em —suplicó—, por favor, ayúdame. Estoy cansada y hambrienta. Escóndeme en alguna parte. No dejes que me atrapen, por favor. Me lincharán; creen que estoy loca. No estoy loca y tú lo sabes, Em. Por favor —lloraba.

Em estaba demasiado impactada y perpleja para contestar. Tropezó y se sentó en el borde de la cama.

—¿Qué estás haciendo aquí, Sadie? ¿Cómo has entrado?

—Por la puerta de atrás —contestó la loca—. Tenía que esconderme en alguna parte. Vienen hacia aquí por los pantanos y pronto me encontrarán. Oh, yo no quería hacerlo; no quería hacerlo, Em. Dios sabe que no quería.

Em la miró impasible.

—¿De qué estás hablando? —preguntó.

—Ese chico Henderson —gritó Sadie—. Me dio alcance en el bosque. Me agarraba y me arañaba y llamaba a gritos a los demás. Yo no sabía qué hacer. Estaba asustada. Lo hice caer; se cayó de espaldas y salté sobre él y le pegué en la cabeza con una piedra grande. Simplemente no podía parar de pegarle. Lo único que quería era desmayarlo, pero cuando miré... ¡Oh, Dios!

Sadie se apoyó contra la puerta y soltó una risita y luego empezó a reírse. Pronto su risa salvaje e histérica llenó toda la sala. Había caído la noche, y las resplandecientes llamas de la chimenea de piedra caliza dibujaban extrañas sombras en la sala. Bailaban en la negrura de los ojos de la mujer demente; parecían empujar su histeria hacia un frenesí aún más salvaje.

Em estaba sentada en la cama, horrorizada y perpleja, los ojos llenos de desconcierto y terror. Estaba hipnotizada por Sadie y su risa oscura y malvada.

—Me dejarás quedarme, ¿verdad, Em? —chilló la mujer. Entonces miró a Em a los ojos y dejó de reírse—. Por favor, Em —suplicó—. No quiero que me atrapen. No quiero morir; quiero vivir. Ellos me hicieron esto; ellos me hicieron como soy.

Miró hacia el fuego. Sabía que tendría que irse. Y enseguida preguntó:

—Em, ¿qué parte del pantano no iban a cubrir hoy?

Deliberadamente, Em se incorporó, con los ojos ardiendo en lágrimas histéricas.

—No van a cubrir el sector Hawkins hasta mañana.

Apenas dijo la mentira, sintió que el estómago se le encogía; sintió que se desmoronaba.

—Adiós, Em.

—Adiós, Sadie.

Sadie salió por la puerta del frente y Em la miró hasta que llegó al borde del pantano y desapareció en sus oscuras profundidades selváticas.

Segunda parte

Em se derrumbó en la cama y se puso a llorar. Lloró hasta que cayó en un sueño febril. La despertó el sonido de unos hombres que hablaban. Miró hacia el patio oscuro y vio a George y a Hank Simmons y a Bony Yarber acercándose a la casa.

Se incorporó rápido, tomó un trapo húmedo y se limpió la cara. Prendió una lámpara en la cocina y estaba sentada leyendo cuando los hombres entraron.

—Hola, cariño —dijo George, dejándole un beso en la mejilla—. Dios, estás ardiendo. ¿Te sientes bien?

Asintió con la cabeza.

—Hola, Em —dijeron los otros dos hombres.

No se molestó en responder el saludo. Siguió sentada leyendo. Ellos bebieron un poco de agua del cucharón.

—El agua sabe muy bien —dijo George—, pero qué les parece algo un poco más fuerte, ¿eh? —dijo codeando a Bony.

De pronto Em posó su revista. Los miró con cautela.

—¿Ya... ya —su voz tembló un poco— encontraron a Sadie?

—Sí —contestó George—, la encontramos en uno de esos remolinos que hay en las partes fangosas de Hawkins en el pantano. Se ahogó. Se suicidó, supongo. No hablemos de eso. Fue horrible, por Dios. Fue...

Pero no terminó. Em saltó de la mesa, derribó la lámpara y se precipitó al dormitorio.

—Me pregunto qué demonios le estará pasando —dijo George.

El extraño familiar

—Y Beulah —dijo Nannie en voz alta—, antes de irse venga a arreglarme los almohadones: esta mecedora es terriblemente incómoda.

—Sí, señora. Ya voy.

Nannie suspiró profundamente. Tomó el periódico y hojeó las primeras páginas hasta llegar a la sección Sociedad, o a la columna de sociales, pues en Colinville no había ninguna verdadera sociedad.

—Veamos —dijo, acomodándose los lentes de carey sobre su orgullosa nariz—. «El señor Yancey Bates y su esposa van a Mobile a visitar parientes. Nada fuera de lo común: las personas se la pasan visitándose unas a otras».

Pensaba en voz alta. Se volcó a las noticias fúnebres; siempre le daba un placer morboso leerlas. La gente que conocía de toda la vida, los hombres y las mujeres con los que había crecido, morían día tras día, morían todos. Estaba orgullosa de seguir con vida mientras todos ellos yacían fríos e inmóviles en sus tumbas.

Beulah entró en el cuarto y fue hasta la mecedora en la que la señorita Nannie leía el periódico. Retiró los almohadones de la espalda de la vieja mujer, los sacudió y volvió a acomodarlos confortablemente contra la espalda de su patrona.

—Así está mucho mejor, Beulah. Sufro el reuma todo el tiempo este año. Me duele tanto, y me siento tan indefensa... Sí, eso: indefensa.

Beulah asintió conforme, compasivamente.

—Sí, señora, ya sé cómo es. Tuve un tío que casi se muere de eso.

—Veo aquí en el diario, Beulah, que murió el viejo Will Larson. Raro que nadie me haya llamado o dicho nada al respecto. Solía ser amigo mío, sabes, Beulah, un muy buen amigo —asintió con picardía, dando a entender, por supuesto, que el muerto había formado parte de su legión de admiradores fantasma.

—Bien —dijo Beulah, mirando el gran reloj de pie pegado contra la pared—, creo que es mejor que vaya a lo del doctor a buscar sus remedios. Usted quédese aquí, que yo volveré muy rápido.

Desapareció por la puerta y cinco minutos después Nannie oyó el portazo de la puerta del frente. Miró el periódico una vez más. Trató de interesarse por el editorial, trató de leer el artículo sobre el proyecto de fábrica de muebles, pero una fuerza irresistible y magnética la desviaba siempre hacia las noticias fúnebres. Las leyó dos o tres veces. Sí, los había conocido a todos.

Miró hacia las resplandecientes llamas rojas y azules que ardían en la chimenea. ¿Cuántas veces había mirado esa chimenea? ¿Cuántas frías mañanas de invierno había emergido de debajo de su edredón de retazos, saltado en el piso congelado y prendido penosamente un fuego allí mismo? ¡Miles de veces! Siempre había vivido en esa casa de la calle residencial principal, y lo mismo habían hecho su padre y el padre de su padre. Habían sido verdaderos pioneros, estaba orgullosa de su herencia. Pero todo eso era pasado, su madre y su padre estaban muertos, y sus viejos amigos iban muriéndose despacio, casi inadvertidos. Nadie hubiera dicho que la que moría era una suerte de dinastía, la dinastía de la aristocracia sureña: la aldea, el pueblo, la ciudad. Morían durante la noche; aquella fuerza extraña y desconocida dispersaba las débiles llamas de sus vidas.

Apartó el periódico de su regazo y cerró los ojos. El calor y el encierro del cuarto la adormecieron. Casi se había dormido cuando la despertó el reloj de pie que daba la hora. Una, dos, tres, cuatro...

Levantó la vista y pareció un poco sorprendida; sentía en el cuarto una presencia que no era la suya. Buscó los lentes y, luego de ponérselos, examinó el cuarto. Todo parecía en orden; el silencio era extraordinario: ni siquiera se oía el sonido de los coches que pasaban por la calle.

Cuando sus ojos terminaron de hacer foco, lo vio. Estaba parado frente a ella. Lanzó un gritito ahogado.

—Oh —dijo—, es usted.

—Entonces ¿me conoce? —dijo el joven caballero.

—Su rostro me suena familiar —su voz era tranquila, sólo estaba sorprendida.

—No me extraña —el caballero habló con elocuencia—. La conozco bastante bien. Recuerdo haberla visto cuando era una niña, una dulce niña. ¿No recuerda la vez que vine a visitar a su madre?

Nannie lo miró atentamente.

—No, no lo recuerdo, es imposible que usted haya conocido a mi madre. Es demasiado joven. Soy una anciana. Mi madre estaba muerta antes de que usted hubiera nacido.

—Oh, no. No. Recuerdo bastante bien a su madre. Una

mujer muy sensata. Usted se le parece. La nariz, los ojos. Y las dos tenían ese mismo pelo blanco. ¡Muy notable, realmente!

El hombre la miró, tenía unos ojos muy oscuros y labios muy rojos, casi como pintados. A la anciana le parecía interesante; empezaba a sentirse atraída por él.

—Ahora lo recuerdo. Sí, claro. Yo era sólo una niña. Pero lo recuerdo, usted entró y me despertó muy tarde una noche, la noche —se quedó de pronto sin aliento, un destello de reconocimiento y de horror cruzó por sus ojos—, ¡la noche en que mi madre murió!

—Exactamente. Tiene usted una memoria notable para ser tan vieja —moduló con intención estas últimas palabras—. Pero usted me recuerda de muchas otras veces desde entonces. La noche en que murió su padre, e innumerables otras veces. Sí, sí, en efecto, la he visto muchas veces y usted también a mí, pero sólo esta vez... éste es el momento en que debería reconocerme. Fíjese usted, la otra noche estaba hablando con un viejo amigo suyo, Will Larson.

La cara de Nannie se puso blanca, le ardían los ojos, no podía quitar la vista de la cara del hombre. No quería que él la tocara; mientras no la tocara se sentiría segura. Dijo con voz hueca:

—Entonces usted ha de ser...

—Vamos —la interrumpió el desconocido—, mi buena señora, no discutamos. No será tan malo; a decir verdad, la sensación es bastante agradable.

Ella se aferró a ambos costados de la silla y empezó a mecerse febrilmente.

—Váyase —susurró con voz ronca—. Aléjese de mí, no me toque, no, no ahora. ¿Esto es todo lo que obtendré de la vida? No es justo. ¡Apártese, por favor!

—Oh —se rió el joven y elegante caballero—, señora, se comporta usted como una niña que estuviera a punto de tomar aceite de ricino. Le aseguro que no es desagradable en absoluto. Vamos, venga, acérquese, más cerca, déjeme darle un beso en la frente, no le dolerá, se sentirá tranquila y descansada, será como dormirse.

Nannie retrocedió en la silla todo lo que pudo. Los labios rojos de él iban acercándose. Ella quería gritar, pero ni siquiera podía respirar. Nunca había pensado que sería así. Se acurrucó en la silla y apretó con firmeza uno de los almohadones contra su propio rostro. Él era fuerte, ella podía sentirlo cuando intentaba apartar el almohadón. Su rostro, sus labios fruncidos, sus ojos apasionados: era como un enamorado grotesco.

Oyó un portazo y gritó lo más fuerte que pudo.

—¡Beulah, Beulah, Beulah!

Oyó los pasos que se apresuraban. Apartó el almohadón. La cara negra de la mujer estaba mirándola.

—¿Qué le duele, señorita Nannie? ¿Qué es lo que le pasa? ¿Quiere que llame al doctor?

—¿Dónde está él?

—¿Dónde está quién, señorita Nannie? ¿De qué está hablando?

—Estaba aquí, yo lo vi, venía a buscarme. Oh, Beulah, te digo que estaba aquí.

—Oh, señorita Nannie, otra vez con esas pesadillas.

Los ojos de Nannie perdieron su violácea chispa de histeria. Apartó la vista de la turbada Beulah. El fuego se extinguía despacio en la chimenea; las últimas llamas bailaban delicadamente.

—¿Pesadilla? ¿Esta vez? Ojalá.

Louise

I

Ethel abrió la puerta furtivamente y examinó el pasillo oscuro. Estaba vacío. Suspiró aliviada mientras cerraba la puerta. Bueno, ya estaba hecho, y lo único que había descubierto era que Louise no guardaba su correo o que lo quemaba. Los demás deben de haber bajado a cenar, pensó. Diré que tuve un dolor de cabeza mortal.

Se arrastró escaleras abajo, cruzó rápido la gran sala y la terraza y entró en el comedor. El sonido de chicas riéndose y charlando llenaba la habitación. Sin que la advirtieran, ocupó su lugar en la cuarta mesa, junto a Madame, en el salón comedor discretamente pretencioso de la Academia para Muchachas de la señorita Burke.

Respondió a los ojos inquisitivos de Madame con una mentira: «He estado sufriendo una severa jaqueca. Me recosté para descansar y supongo que debo de haberme dormido. No escuché las campanas de la cena». Hablaba con la dicción y el acento sutilmente perfectos que la señorita Burke tanto deseaba para todas sus alumnas. Según la señorita Burke, Ethel era el paradigma de lo que esperaba conseguir de sus estudiantes. Una muchacha de diecisiete años con antecedentes, fortuna y, por cierto, una mente muy brillante. La mayoría de las chicas de la Academia ponían a Ethel del lado estúpido de la vida. Ethel, a su vez, culpaba de su impopularidad a Louise Semon, una chica francesa de una belleza exquisita.

A Louise solían reconocerla como la Abeja Reina de la Academia. Las chicas la idolatraban y los maestros la admiraban con envidia tanto por su mente como por su casi inquietante belleza. Era una chica alta, magníficamente proporcionada, con una piel oscura y aceitunada. Enmarcaba su cara un pelo negro azabache que le caía abundante y ondeado hasta los hombros y que, bajo cierta luz, emitía un halo azulado. Sus ojos, como exclamó una vez en un rapto de admiración la Madame de la mesa cuatro, eran tan negros como la noche. Todos la querían entrañablemente, todos menos Ethel y, posiblemente, la propia señorita Burke, que de algún modo estaba molesta por la influencia que la chica ejercía en toda la escuela. Le parecía que eso no era bueno para la escuela ni para la chica. Venía con excelentes recomendaciones de la Petite École de Francia y la Academia Mantone de Suiza. La señorita Burke no conocía a ninguno de sus padres, que residían en un chalet en Ginebra. Todos los arreglos se habían hecho a través de un tal señor Nicoll, el tutor norteamericano de Louise, que era quien le enviaba a la señorita Burke el cheque anual. Louise había llegado para la inauguración del semestre de otoño, y en cinco meses se había metido la Academia en el bolsillo.

Ethel despreciaba a la chica Semon, que, según se rumoreaba, era hija de un conde francés y una heredera corsa. Detestaba todo lo que tuviera que ver con ella: su aspecto, su popularidad, los detalles más ínfimos de su persona y sus maneras. Y Ethel no sabía exactamente por qué. No era porque estuviera celosa, aunque eso fuera muy importante; no era porque pensara que Louise se reía de ella en secreto o porque actuara como si Ethel no existiera. Era otra cosa. Ethel sospechaba algo de Louise que nadie podría haber imaginado, y estaba decidida a averiguar si estaba en lo cierto. Tal vez entonces Louise no resultaría tan maravillosa. Puede que esa tarde no hubiera encontrado nada en su habitación, ni siquiera una carta, nada. Pero Ethel sonrió mirando hacia la mesa donde Louise reía y hablaba alegremente y era el centro de atención, mientras pensaba en la entrevista que tenía planeada para esa noche con la señorita Burke.

II

El reloj de pie daba las ocho en la sala de espera del cuarto de la señorita Burke donde Ethel aguardaba nerviosa. La luz era tenue, y los rincones de la habitación estaban a oscuras. La atmósfera general era fría y victoriana. Ethel esperaba junto a la ventana contemplando la primera nevada del año, el manto blanco que cubría los árboles desnudos y la capa de polvo plateado que ocultaba la tierra. «Alguna vez tendré que escribir un poema sobre esto: "La primera nevada", de Ethel Pendleton». Sonrió levemente y se sentó en una silla de tapizado oscuro.

Se abrió la puerta al otro lado de la habitación y Mildred Barnett emergió de la sala de estar privada de la señorita Burke.

—Buenas noches, señorita Burke, y muchas gracias por su ayuda.

Ethel se apartó de las sombras y atravesó rápido el salón. Se detuvo ante la puerta de la sala de estar de la señorita Burke y tomó una profunda bocanada de aliento; sabía lo que iba a decir; después de todo, la señorita Burke tenía que enterarse de lo que ella sospechaba. Era por el bien de la escuela, por ninguna otra razón. Pero Ethel sabía que estaba mintiéndose a sí misma. Golpeó suavemente y esperó, hasta que oyó la voz fuerte de la señorita Burke.

—Pase, por favor.

La señorita Burke estaba sentada frente a su chimenea, bebiendo café en una tacita china. No había otra luz en la habitación, y mientras se sentaba en un mullido almohadón a los pies de la señorita Burke, Ethel pensó que todo se parecía extrañamente a una escena de paz y alegría de tarjeta postal.

—Qué amable de tu parte pasar a verme, Ethel querida. ¿Qué puedo hacer por ti?

Ethel tenía casi ganas de reírse; era tan raro, tan irónico. En quince minutos, aquella anciana tan compuesta estaría bastante impactada.

—Señorita Burke, me he enterado de algo que, creo, merece su inmediata atención —había elegido las palabras cuidadosamente y las había acentuado de la manera que la señorita Burke sentía enérgicamente que era la correcta y refinada—. Es en relación con Louise Semon. Verá, un amigo de mi familia, un médico, me visitó hace poco aquí, en la escuela, y...

La señorita Burke posó su tacita y escuchó la historia de Ethel con aturdido asombro. Su majestuoso rostro se ruborizó. Una vez, en medio del relato, exclamó: «Pero, Ethel, eso no puede ser verdad. Hice todos los arreglos a través de una persona de evidente integridad, un tal señor Nicoll, sin duda él sabe que jamás permitiríamos una cosa de ese tipo, ¡algo tan espantoso!».

—Sé que es verdad —exclamó Ethel, irritada por su incredulidad—. ¡Lo juro! Llame a ese señor Nicoll mañana, pregúntele, dígale que la situación es intolerable, que pone en peligro el prestigio de su escuela, si es que estoy en lo cierto. Y sé que lo estoy. No, no confíe sólo en el señor Nicoll. Seguramente hay autoridades...

Y la señorita Burke asintió. A cada minuto que pasaba se convencía más, y más impactada estaba. No oía más que el sonido de la voz de Ethel y el ronroneo suave del fuego y la discreta presencia de la nieve que caía, susurrando contra el cristal de la ventana.

III

Una luz pálida ardía en el pasillo cuando Ethel llegó a su habitación. Hacía una buena hora que habían dado la señal de apagar la luz. Tendría que desvestirse en la oscuridad. Apenas entró en la habitación supo que algo estaba mal. Supo que no estaba sola.

Murmurando asustada, dijo:

—¿Quién está allí?

En un rapto de terror pensó: «Es Louise. De algún modo descubrió que... Lo sabe, y ha venido hasta aquí».

Después, por encima del latido de su propio corazón, oyó el suave susurro de la seda y una mano le agarró el brazo con firmeza.

—Soy yo: Mildred.

—¿Mildred Barnett?

—Sí, vine a impedir lo que estás haciendo.

Ethel intentó reírse, pero en algún punto se interrumpió y en cambio tosió.

—No tengo la menor ni la más vaga idea de lo que estás

diciendo. ¿Impedir qué? —pero sintió la falsedad de su voz y se asustó.

Mildred la sacudió.

—¡Sabes perfectamente de qué estoy hablando! Te reuniste con la señorita Burke esta noche, las escuché. Quizá no sea el acto más honorable del mundo, pero estoy contenta de haberlo hecho si puedo salvar a Louise de las mentiras que dijiste esta noche.

Ethel intentó apartar el brazo de su acusadora.

—¡Basta! ¡Me estás lastimando!

—Pero mentiste, ¿verdad? —la voz de Mildred sonaba ronca de furia.

—No, no, era verdad, lo juro. Si no es verdad, la señorita Burke lo descubrirá. Ya verás. ¡Entonces la señorita Semon no te parecerá tan maravillosa!

Mildred soltó el brazo de Ethel.

—Escucha, si es verdad o no para mí no tiene la menor importancia: ni siquiera estás en la misma clase con esa chica —hizo una pausa y eligió cuidadosamente sus palabras—. Sigue mi consejo: ve con la señorita Burke y dile que estabas mintiendo, o no me hago responsable de tu salud, Ethel Pendleton. ¡Estás jugando con dinamita!

Luego de esa despedida, abrió la puerta y la cerró de un portazo.

Ethel se quedó temblando en la terrible oscuridad. No por Louise —eso la tenía sin cuidado—, sino por los demás. Era probable que Mildred les contara todo, y por eso supo de pronto que se pondría a llorar.

IV

La señorita Burke yacía en el sofá de su sala de estar, la cabeza apoyada en un gran almohadón de seda rosa. Se oprimía fuertemente los ojos con las manos, tratando de espantar el sordo dolor que carcomía sus erizados nervios.

Temblando, la señorita Burke pensaba qué habría pasado si Ethel hubiera hablado con los demás alumnos en vez de con ella, y ellos, a su vez, hubieran hablado con sus padres. Sí, Ethel merecía una felicitación.

Cuando Ethel entró en el reino privado de la directora, el reloj de la recepción daba las cinco. El sol débil del invierno había desaparecido, y el gris crepúsculo de enero se filtraba a duras penas por las pesadas cortinas de las ventanas. Ethel comprendió que la señorita Burke estaba emocionalmente perturbada.

—Buenas tardes, querida —la voz de la señorita Burke sonó cansada y tensa.

—¿Deseaba usted verme? —Ethel trató de parecer lo más inocente posible.

La señorita Burke hizo un gesto de fastidio.

—Vayamos al grano. Tenías razón. Llamé al señor Nicoll y le pedí un informe completo sobre los padres de la chica. Su madre fue una negra americana, una mulata del Oeste, para ser exactos. Causó sensación en París como bailarina y se casó con un francés rico y noble, Alexis Semon. De modo que Louise es, como sospechabas, una persona de color. Una mestiza, para decirlo técnicamente. Una desgracia. Pero la situación es desde luego intolerable, como le expliqué al señor Nicoll. Le dije que la chica sería despedida de inmediato. Vendrá por ella esta noche. Naturalmente, tuve una charla con Louise y le expliqué la situación lo más amablemente posible... Ah, pero ¿para qué entrar en eso ahora?

Miró a Ethel como buscando complicidad, pero todo lo que vio fue una cara de muchacha cuyos labios se apretaban en una sardónica sonrisa de triunfo. La señorita Burke comprendió de pronto el papel que había jugado en manos de aquella chica celosa. Dijo abruptamente:

—Déjame sola, por favor.

Cuando Ethel se fue, la señorita Burke permaneció tendida en el sofá recordando con horrenda claridad todo lo que Louise había dicho en su defensa. «¿Qué diferencia había? No parecía una chica de color. Era tan inteligente y encantadora como las demás, y su educación superior a la de la mayoría. Era tan feliz aquí. ¿América no era una democracia?».

La señorita Burke trató de calmarse pensando que había hecho lo que había que hacer. Después de todo, la suya era una institución en boga. La habían engañado para que aceptara a la chica. Pero algo seguía diciéndole que ella estaba equivocada y que Louise tenía razón.

V

Eran las nueve y Ethel yacía en su cama mirando al techo, tratando de no pensar ni escuchar nada. Sólo quería dormirse y olvidar.

De pronto sonó un golpe suave en la puerta. Luego la puerta se abrió y Louise Semon apareció allí.

Ethel cerró los ojos con fuerza. No había contado con eso.

—¿Qué quieres? —habló al techo, sin siquiera volver la cabeza.

La hermosa muchacha permaneció de pie junto a la cama, mirando a Ethel directo a la cara. Ethel podía sentir esos ojos oscuros encima; sabía que estaban hinchados de llorar.

—Vine a preguntarte por qué me has hecho esto. ¿Tanto te desagrado?

—Te odio.

—¿Por qué? —la pregunta de Louise era sincera.

—No lo sé. Por favor, vete. ¡Déjame sola!

Oyó a Louise que abría la puerta. «Ethel, eres una chica extraña. Me temo que no te entiendo». Y la puerta se cerró.

Unos minutos después, Ethel oyó un auto en la entrada. Fue hasta la ventana y miró hacia afuera. Una limusina negra cruzaba la puerta de piedra, alejándose del predio de la escuela. Cuando Ethel se dio vuelta, quedó frente a la cara de Mildred Barnett.

Mildred se limitó a decir:

—Bien, Ethel, has ganado y has perdido todo al mismo tiempo. Te dije que estabas jugando con dinamita. Sí, Ethel. En cierto modo nos has brindado una actuación brillante. ¿Debería aplaudirte?

De parte de Jamie

I

La señorita Julie llevaba a Teddy a jugar al parque casi todas las mañanas, salvo los domingos. Teddy adoraba esas excursiones cotidianas. Iba con su bicicleta o algún juguete y se divertía solo mientras la señorita Julie, contenta de haberse librado de él, chismorreaba con las demás niñeras y coqueteaba con los oficiales. A Teddy el parque le gustaba más de mañana, cuando el sol era tibio y el agua chorreaba de las fuentes en un rocío de cristal.

—Es como oro, ¿verdad, señorita Julie? —le preguntaba a la niñera, que vestía de blanco y se maquillaba con mucho cuidado.

—¡Ojalá lo fuera! —se quejaba la señorita Julie.

La noche antes de que Teddy conociera a la madre de Jamie había llovido, y a la mañana el parque estaba fresco y verde. Aunque era fines de septiembre, parecía más bien una mañana de primavera. Teddy corrió por los senderos pavimentados del parque con una exuberancia salvaje. Era un indio, un detective, un magnate ladrón, un príncipe de cuento de hadas, era un ángel, se escaparía de los ladrones atravesando el bosque... Pero antes que nada era feliz y tenía dos horas enteras para él.

Jugaba con su lazo de vaquero cuando la vio. Venía por el

sendero y se sentó en uno de los bancos libres. Fue el perro que iba con ella lo primero que le llamó la atención. Adoraba los perros, se moría por tener uno, pero papá había dicho que no porque no quería tener que educar a un cachorro, y tener un perro ya crecido no sería lo mismo. El perro de la mujer era exactamente lo que siempre había querido. Era un terrier de pelo duro, apenas más grande que un cachorro.

Se acercó despacio, un poco incómodo, y palmeó al perro en la cabeza.

—Bien, amigo, así me gusta.

Eso era lo que decían en las películas y las historias de aventuras que le leía la señorita Julie.

La mujer alzó los ojos. Teddy pensó que era vieja como su madre, pero su madre no tenía un pelo tan lindo. Éste parecía de oro, y era ondulado y suave.

—Qué perro tan lindo. Me gustaría tener uno así.

La mujer sonrió, y fue entonces cuando él pensó que era muy linda.

—No es mío —dijo ella—. Es de mi hijito —tenía también una linda voz.

Los ojos de Teddy se iluminaron enseguida.

—¿Tiene usted un niño como yo?

—Oh, es un poco más grande que tú. Tiene nueve.

Teddy se apuró en exclamar:

—¡Yo tengo ocho, o casi!

Parecía más chico. Para su edad era pequeño y muy moreno. No era un niño hermoso, pero tenía una cara amigable y unos modales encantadores.

—¿Cómo se llama su niño?

—Jamie. Jamie —decir el nombre parecía hacerla feliz.

Teddy se sentó en el banco a su lado. El perro quería seguir jugando, saltaba encima de Teddy arañándole las piernas.

—Sentado, Frisky —ordenó la mujer.

—¿Así se llama? —preguntó Teddy—. Qué nombre tan hermoso. Es un perro tan lindo. Ojalá tuviera un perro. Lo traería al parque todos los días y podríamos jugar juntos, y a la noche podría quedarse en mi cuarto y yo podría hablarle a él en vez de a la señorita Julie, porque a Frisky no le importaría de qué piense yo hablar, ¿verdad?

La mujer soltó una risa profunda y algo triste.

—Tal vez ésa sea la razón por la que Jamie quiere tanto a Frisky.

Teddy abrazó al perro contra su pierna.

—¿Jamie corre con él en el parque y juega a los indios y esas cosas?

La mujer dejó de sonreír. Desvió la mirada hacia el lago. Por un momento él pensó que se había enojado con él.

—No —contestó—, no corre con Frisky. Sólo juega con él en el piso. No puede salir. Por eso yo saco a pasear a Frisky. Jamie nunca vino al parque. Está enfermo.

—Oh, no sabía —el rostro de Teddy se enrojeció. De pronto vio a la señorita Julie que venía por el sendero y supo que se enojaría al verlo hablando con una desconocida.

—Espero volver a verla —dijo—. Salude a Jamie de mi parte. Ahora debo irme, pero tal vez vuelva usted aquí mañana, ¿no?

La mujer sonrió; él volvió a pensar qué amable y hermosa era. Corrió por el sendero hacia la señorita Julie, que alimentaba a las palomas con migas. Se volvió y gritó:

—¡Adiós, Frisky!

El pelo ondulado de la mujer brillaba al sol.

II

Esa noche siguió pensando en la mujer y el niño, Jamie. Debe de estar muy enfermo para no poder salir. Y mientras yacía en la cama, Teddy veía a Frisky una y otra vez. Tenía la esperanza de que la mujer estuviera allí al día siguiente.

A la mañana, la señorita Julie lo despertó con una sacudida y una orden cortante:

—¡Arriba, haragán! ¡Levántate ya mismo o no irás al parque!

Saltó de la cama de inmediato y corrió hacia la ventana. Estaba despejado y frío, con ese perfume fresco de la mañana. ¡Qué hermoso día haría en el parque!

—¡Yupi, yupi! —chilló, y corrió al baño como un salvaje.

—¿Qué diablos tendrá este chico? —dijo la señorita Julie, ocupándose del vertiginoso Teddy con absoluto desconcierto.

Cuando llegaron al parque, Teddy aprovechó que la señorita Julie se detenía a charlar con otras dos niñeras y se escabulló. Los largos senderos curvos del parque estaban casi desiertos. Se sentía completamente libre y solo. Se deslizó por entre la maleza y salió cerca del lago y allí, justo frente a él, vio a la mujer y al perro.

Ella alzó los ojos cuando el perro se puso a ladrarle a Teddy.

—Hola, Teddy —lo saludó cálidamente.

Le gustó que se acordara de él. ¡Qué amable era!

—Hola, hola, Frisky.

Se sentó en el banco y el perro le saltó encima, lamiéndole la mano y apretándose contra sus costillas.

—Ay —chilló Teddy—, me haces cosquillas.

—Estuve esperándote casi diez minutos —dijo la mujer.

—¿Esperándome a mí? —dijo sorprendido, loco de alegría.

—Sí —rió ella—, tengo que volver con Jamie antes de que anochezca.

—Sí —dijo Teddy atropelladamente, feliz—, sí, es cierto, debe usted volver, ¿verdad? Apuesto a que extraña a Frisky cuando viene al parque. Sé que si fuera mío yo no lo perdería de vista nunca.

—Pero Jamie no es tan afortunado como tú —dijo—. No puede correr ni jugar.

Teddy acarició al perro; apretó la fría nariz contra su mejilla tibia. Había oído decir que los perros que tenían la nariz fría eran saludables.

—¿Qué es lo que tiene Jamie?

—Oh —contestó vagamente—, una especie de tos, una tos fea.

—Entonces no puede estar muy enfermo —dijo Teddy muy animado—. Yo tuve muchísimas toses, y nunca estuve en cama más de dos o tres días.

Ella sonrió apenas. Permanecieron en silencio. Teddy abrazó al perro acurrucado en su regazo y deseó que pudiera saltar y correr con él por esos amplios paños de césped que lucían el cartel de PROHIBIDO PISAR EL CÉSPED.

Ella se incorporó y recogió la correa del perro.

—Debo irme —dijo.

—No se irá, ¿verdad?

—Sí, me temo que debo irme. Le prometí a Jamie que regresaría pronto. Se supone que iría al kiosco de cigarrillos y le compraría unas revistas de historietas. Si no me apuro llamará a la policía.

—Oh —dijo él impaciente—, en casa tengo montones de revistas de historietas. ¡Mañana le traeré algunas para Jamie!

—Bien —dijo la mujer—. Se lo diré. Le encantan las revistas —empezó a alejarse por el sendero.

—La veré aquí mañana y traeré las revistas. ¡Le traeré montones de revistas! —le gritó.

—De acuerdo —gritó ella—. Mañana.

Y mientras la miraba desaparecer pensó qué maravilloso debía de ser tener una madre como ésa y un perro como Frisky. Oh, Jamie era un chico muy afortunado, pensó. Luego oyó la voz cortante de la señorita Julie que lo llamaba.

—¡Teddy! ¡Juju! Teddy, ven aquí enseguida. La señorita Julie te estuvo buscando por todas partes. Eres un niño malo, y la señorita Julie está enojada contigo.

Se dio vuelta riéndose y corrió hacia ella, y de pronto, mientras corría tan rápido como podía, sintió que era un joven retoño doblado por el viento.

Esa noche, luego de cenar y de bañarse, se dedicó a juntar todas sus revistas de historietas. Abarrotaban en desorden su armario, su caja de cedro y su biblioteca. Salvo por aquellas revistas de brillantes portadas, su biblioteca era la imagen viva de la seriedad literaria: *El libro del conocimiento infantil, El jardín de versos del niño* y *Libros que todo niño debería leer.*

Logró reunir treinta números relativamente recientes antes de que su madre y su padre fueran a darle las buenas noches. Su madre llevaba un largo vestido de noche floreado y tenía flores y perfume en el pelo. Él amaba el olor a gardenias, esa áspera dulzura. Su padre vestía su esmoquin y llevaba su alto sombrero de seda.

—¿Para qué son todas esas revistas? —le preguntó su madre.

—Para un amigo —dijo Teddy, esperando que no le preguntara nada más. Si su madre se enteraba, no sería tan secreto ni tan excitante.

—Vamos, Ellen —dijo su padre, impaciente—. El telón sube a las 8.30, y estoy cansado de llegar al teatro en medio de la función.

—¡Buenas noches, cariño!

—Buenas noches, hijo.

Les lanzó un beso mientras cerraban la puerta a sus espaldas. Luego volvió rápidamente a sus revistas. Tomó el trozo de papel de envolver en el que había venido su nuevo traje y las envolvió con torpeza. Era un paquete grande. Lo ató con una cuerda dura y áspera. Luego retrocedió un poco y lo contempló. Algo estaba mal, pensó. No era lo suficientemente sofisticado. No parecía un regalo.

Fue a su mesa, estuvo escarbando un poco y sacó una caja de lápices. Alternando letras rojas y verdes, escribió ESTO ES, y luego, cambiando al azul y al rojo, PARA JAMIE, DE TEDDY.

Satisfecho, escondió el paquete antes de que la señorita Julie entrara a apagar la luz y abrir la ventana.

A la mañana siguiente, antes de salir al parque, puso el paquete en su carrito rojo y lo cubrió con juguetes.

Cuando llegaron al parque, Teddy se dio cuenta de que le sería fácil alejarse de la señorita Julia. Ella lucía su mejor vestido. Estaba muy excitada y tenía los labios más pintados que de costumbre. Teddy sabía que esperaba encontrarse en el parque con el oficial O'Flaherty. El oficial O'Flaherty era el novio de la señorita Julie, al menos según la señorita Julie.

—Ahora, Teddy, vete a correr y diviértete, pero recuerda: la señorita Julie se reunirá contigo en los juegos.

Corrió lo más rápido que pudo rumbo al lago. El carrito se sacudía tras él y le impidió tomar atajos.

Vio a Frisky y a la mujer sentados en el banco.

—Bueno, veo que has sido puntual —se rió cuando lo vio.

Hizo rodar el carrito hasta el banco, dejó de lado los juguetes y exhibió con orgullo su gran paquete de revistas.

—¡Oh —exclamó ella—, qué gran paquete! Jamie nunca terminará de leerlas. Le van a encantar, Teddy. Ven aquí, déjame darte un beso.

Él se ruborizó levemente mientras ella lo besaba en la mejilla.

—Eres un niño muy dulce —le dijo suavemente mientras se ponía de pie y recogía su abrigo—. Anoche tuvimos que llevar a Jamie al hospital.

—¿No podrá leer las historietas? —preguntó Teddy ansioso.

—Sí —sonrió—, por supuesto. Lo mantendrán ocupado. Lo único es que... Me pregunto si podré llevarlas todas —levantó el gran paquete y lanzó un suspiro de cansancio. Frisky saltó a su alrededor y tiró de la correa, y la mujer por poco deja caer las revistas.

—Basta, Frisky —gritó Teddy.

—Bueno, gracias otra vez, Teddy. Hoy no puedo quedarme.

Sacudió la mano y empezó a irse por el sendero. Frisky retrocedió hacia Teddy.

—¿Vendrá mañana? —gritó Teddy.

—No lo sé. Tal vez —gritó ella. Luego dobló una curva y desapareció.

Él quiso correr tras ella, acompañarla al hospital y ver a Jamie y jugar con Frisky y que la mujer volviera a besarlo en la mejilla y le dijera que era un niño dulce. Pero en cambio fue a los juegos, donde se encontró con la señorita Julie y volvió a su casa.

Al día siguiente volvió al parque y fue directamente al banco, pero no había nadie. Esperó una hora y media y luego, con una certeza súbita y demente, supo que ella no vendría, que no volvería nunca y que jamás volvería a verla, y tampoco a Frisky. Quería llorar, pero no se lo permitió.

Al día siguiente era domingo y no pudo ir al parque. Por la mañana fue a la iglesia. Luego recibió la visita de su abuela, que lo estuvo cargoseando toda la tarde.

—Si quieres mi opinión, Ellen, este chico está enfermo. Estuvo raro toda la tarde. Le di dinero para que se comprara una gaseosa y dijo que no quería. Dijo que quería un perro, un perro de pelo duro al que pudiera llamar Frisky. ¿No es rarísimo?

Y esa noche su padre trató de sondearlo.

—¿No te sientes bien, hijo? ¿Me dirás si tienes un problema?

Teddy frunció su pequeña boca.

—Bueno, papá, es un perro, un perrito llamado Frisky, la madre de un niño enfermo, Jamie, él...

Su madre apareció junto a la puerta.

—Bill, si vamos a ir a lo de los Abbott, mejor apurémonos. Nos esperaban con los cócteles a las siete.

Su padre se puso de pie, miró su reloj y dijo:

—Hablaremos de esto en algún otro momento, hijo.

Luego salió, y poco después Teddy oyó la puerta del departamento que se cerraba.

Yacía tendido en su cama, llorando, cuando la señorita Julie entró. Estaba muy excitada, y su cara estaba completamente roja. Lo tomó en sus brazos y le palmeó la cabeza. Por lo que él sabía, era la primera vez que consolaba a alguien. Por un momento casi la quiso.

—¡Adivina qué, Teddy! Oh, ¡nunca lo adivinarás! ¿Adivina qué?

La miró y dejó de llorar.

—No quiero adivinar. No tengo ganas de adivinar. Mi madre y mi padre no me quieren, nadie me quiere, al menos nadie que usted conozca.

La señorita Julie se burló:

—Oh, qué tonto eres, Teddy. Niño tonto. Bueno, supongo que todos pasamos por esa fase.

¡La señorita Julie y sus fases!

—Pero todavía no has adivinado. Oh, bueno, te lo diré. ¡El señor O'Flaherty me ha propuesto matrimonio! —su rostro era todo una sonrisa.

—¿Y usted aceptará? —preguntó.

Ella tendió una mano y exhibió un anillo de plata con una piedra de amatista. Teddy lo tomó por un anillo de compromiso.

Luego ella se incorporó y corrió a su habitación. Esa noche no apareció para acostarlo ni para abrir la ventana.

A la mañana siguiente, Teddy se despertó muy temprano. No había nadie levantado, ni siquiera la señorita Julie, y no se oía sonido alguno en el dormitorio de sus padres ni en el de la niñera. Se vistió con cautela, en silencio. Luego salió sigilosamente del departamento y recorrió el largo pasillo hasta las escaleras. No se atrevía a llamar el ascensor.

En el parque hacía frío pero estaba hermoso. No había nadie, sólo un hombre dormido en un banco. Estaba todo hecho un ovillo, y parecía tan aterido y hambriento y desagradable que Teddy pasó a su lado corriendo, sin animarse a mirarlo de nuevo.

Fue hasta el lago y se sentó en el mismo viejo banco. Decidió que se quedaría allí sentado hasta que Frisky y la madre de Jamie llegaran, aun si le llevaba todo el día.

El agua estaba hermosa. Se imaginó que era un gran océano y que lo cruzaba a bordo de un barco mientras unos músicos tocaban en segundo plano, igual que en las películas.

Llevaba un largo rato allí sentado cuando vio al primer jinete. Comprendió que si los jinetes llegaban debía de ser tarde. Luego del primero llegaron muchos otros y rápido. Los contó mientras pasaban. Había visto a muchas celebridades cabalgando en el parque, pero si no estaba la señorita Julie para identificarlas, él era incapaz de distinguirlas de la gente común.

Luego empezaron a llegar los cochecitos y las niñeras. Eran cerca de las diez. El sol estaba alto y brillante en el cielo. Sintió que se quedaba dormido en la tibieza soporífera de sus rayos.

De pronto oyó un aullido y un ladrido. Un pequeño terrier de pelo duro saltó a su lado en el banco.

—Frisky, Frisky —gritó—. ¡Eres tú!

En el otro extremo de la correa había un hombre alto y delgado. Teddy lo miró desconcertado.

—¿Cómo te llamas, hijo? —preguntó el desconocido.

—Teddy —contestó con una voz tenue y asustada.

El hombre le tendió un sobre.

—Entonces creo que esto es para ti.

Teddy lo rompió con ansiedad. La carta estaba escrita en una cursiva elegante. Le costó leerla.

Querido Teddy:
Frisky es tuyo. Jamie hubiera querido que lo tuvieras.

No llevaba firma. Teddy la contempló largo rato hasta que ya no pudo verla. Se abrazó al perro y lo estrujó lo más fuerte que pudo. Ya encontraría la manera de explicarles a papá y mamá.

Entonces recordó al hombre. Miró hacia arriba. Miró a su alrededor, pero el hombre se había ido, y lo único que veía era el sendero y los árboles y el césped y el lago que relucía al sol de la mañana.

Lucy

Lucy fue realmente el fruto del amor de mi madre por la cocina sureña. Yo estaba pasando el verano en el sur cuando mi madre le escribió a mi tía y le pidió que le consiguiera una mujer de color que realmente pudiera cocinar y estuviera dispuesta a venir a Nueva York.

Sondeado el terreno, el resultado fue Lucy. Tenía una piel oliva intenso y sus rasgos eran más delicados y ligeros que los de la mayoría de los negros. Era alta y razonablemente redonda. Había sido una de las maestras de la escuela para niños de color. Pero parecía tener una inteligencia natural, no la que forman los libros sino la que nace de la tierra, dotada de una comprensión y una compasión profundas hacia todo lo viviente. Como la mayoría de los negros del sur, era muy religiosa, y todavía hoy la veo sentada en la cocina leyendo su biblia y declarándome con la mayor seriedad que era una «hija de Dios».

Así que teníamos a Lucy, y cuando esa mañana de septiembre bajó del tren en Pennsylvania Station, el orgullo y el triunfo se le notaban en los ojos. Me dijo que toda su vida había querido venir al norte y, como ella misma lo expresó, «vivir como un ser humano». Esa mañana sintió que ya nunca volvería a querer tener contacto con el fanatismo y la crueldad de Jim Crow[1].

En esa época vivíamos en un departamento en Riverside Drive. Desde todas las ventanas del frente teníamos una excelente vista del río Hudson y las empalizadas de Jersey que se erguían escarpadas contra el cielo. Por la mañana parecían heraldos que saludaban el crepúsculo, y por la noche, con la puesta de sol, cuando el agua se teñía de una confusión de sombras carmesíes, los acantilados brillaban magníficamente, como centinelas de un mundo antiguo.

A veces, al anochecer, Lucy se sentaba junto a la ventana del departamento y contemplaba encariñada el espectáculo del día que agonizaba en la metrópolis más grande del mundo.

—Mmm... mmm —decía—, si tan sólo Mamá y George estuvieran aquí para ver esto.

Y al principio adoraba las luces brillantes y todo el ruido. Casi todos los sábados me llevaba a Broadway y asistíamos a divertimentos teatrales. Moría por los vodeviles, y el cartel de Wrigley era para ella un espectáculo en sí mismo.

Lucy y yo éramos compañeros constantes. A veces, por las tardes, me ayudaba después de la escuela con mis deberes de matemáticas; era muy buena en matemáticas. Leía mucha poesía, pero no sabía nada al respecto; simplemente le gustaba el sonido de las palabras y, ocasionalmente, el sentimiento que había detrás. Fueron esas lecturas las que me hicieron comprender por primera vez la nostalgia que sentía por su hogar. Cuando leía poemas de tema

[1] Conjunto de leyes promulgadas a partir de 1876 que propugnaban la segregación racial bajo el lema «separados pero iguales» y rigieron el territorio del sur de los Estados Unidos hasta mediados de los años 60.

sureño lo hacía de un modo hermoso, con una compasión única. Su voz suave recitaba los versos con ternura, comprensivamente, y bastaba echarle un vistazo rápido para descubrir la huella de una lágrima brillándole en la negrura exquisita de esos ojos de negra. Si después se lo mencionaba, ella se reía y se encogía de hombros.

—Pero son hermosos, ¿verdad?

Cuando trabajaba, Lucy acompañaba su actividad cantando suavemente, el auténtico *blues*. Me gustaba oírla cantar. Una vez fuimos a ver a Ethel Waters y durante días anduvo por la casa imitando a Ethel, hasta que por fin anunció que participaría de un concurso para aficionados. Nunca olvidaré ese concurso. Lucy ganó el segundo premio; me quedaron las manos en carne viva de tanto aplaudir. Cantó «It's delovely, it's delicious, it's delightful». Todavía hoy recuerdo la letra; la ensayamos tantas veces... Tenía un miedo mortal de olvidársela, y cuando salió a escena su voz temblaba lo suficiente como para darle un tono como el de Ethel Waters.

Pero al final Lucy abandonó su carrera musical porque conoció a Pedro y no le quedó tiempo para mucho más. Pedro era uno de los empleados de mantenimiento del edificio, y él y Lucy estaban más pegados que la miel. Cuando esto ocurrió, Lucy llevaba apenas cinco meses en Nueva York y todavía estaba verde, técnicamente hablando. Pedro era muy hábil y vestía de manera llamativa, y además yo estaba enojado porque ya no íbamos más al teatro. Mamá se reía y decía: «Bueno, creo que la hemos perdido; también ella terminará siendo del norte». Ella no parecía darle mayor importancia, pero yo sí.

Finalmente Pedro tampoco le gustó a Lucy, y entonces ella se quedó más sola que nunca. A veces, cuando las encontraba abiertas por allí, yo le leía las cartas. Decían cosas como éstas:

Querida Lucy:

Tu padre está enfermo, está en cama ahora. Te saluda. Supongo que ahora ya no tienes tiempo para pobres como nosotros. Tu hermano George se fue a Pensacola, trabaja en una fábrica de botellas. Te mandamos todo nuestro amor,

Mamá

A veces, por las noches, tarde, podía oírla llorar suavemente en su habitación, y luego me enteré de que se volvía a casa. Nueva York era pura soledad. El río Hudson no dejaba de susurrarle: «río Alabama». Sí, el río Alabama, con sus cenagosas aguas rojas derramándose sobre la orilla y todos sus pantanosos afluentes.

Todas las luces radiantes: unos pocos faroles brillando en la oscuridad, el sonido solitario de un ave nocturna, un tren lanzando su persistente alarido en la noche. Cemento duro, acero frío y reluciente, humo, *burlesque*, el sonido ahogado del subterráneo en el frío y húmedo túnel bajo la tierra. Traqueteo, traqueteo —blando pasto verde— y, sí, sol, calor, mucho calor, pero tan reconfortante, pies descalzos, y un arroyo fresco y arenoso con guijarros redondos y blandos como jabón. La ciudad no es lugar para alguien que viene de la tierra, Mamá me pide que vuelva a casa. George, soy hija de Dios.

Sí, sabía que se volvía. De modo que cuando me contó que se iba no me sorprendió. Abrí y cerré la boca y sentí las lágrimas en los ojos y la sensación de vacío en el estómago.

Se fue en mayo. Era una noche tibia y el cielo sobre la ciudad se veía rojo en la noche. Le regalé una caja con dulces y cerezas recubiertas de chocolate (era lo que más le gustaba) y un paquete de revistas.

Mi madre y mi padre la llevaron a la estación de ómnibus. Cuando se fueron del departamento corrí a mi ventana y me incliné sobre el alféizar hasta que los vi salir y subir al coche y deslizarse suave y dignamente fuera de mi vista.

Ya podía oírla cantar: «Ooooh, mamá, ¡Nueva York es maravillosa, toda la gente, y vi estrellas de cine en persona, oh, mamá!».

Rumbo al oeste

Cuatro

Cuatro sillas y una mesa. En la mesa, papel; en las sillas, hombres. Ventanas a la calle. En la calle, gente; contra las ventanas, lluvia. Puede que esto fuera una abstracción, sólo una imagen pintada, pero esa gente inocente y desprevenida se movía allí abajo, y la lluvia mojaba la ventana.

Porque los hombres no se movían, y el documento legal, preciso, que yacía sobre la mesa, tampoco. Entonces...

—Los intereses respectivos de estos cuatro caballeros han sido convocados, examinados y concertados. Ahora las acciones de cada uno serán responsabilidad de los particulares. Sugiero, pues, que declaremos nuestro consentimiento, suscribamos el presente documento con nuestros nombres y nos separemos.

Un hombre se puso de pie, papel en mano. Se puso de pie otro. Tomó el papel, le echó un vistazo y habló.

—Esto satisface nuestras necesidades; hemos llegado a una buena decisión. Este papel, por cierto, garantiza ventajas y seguridad a nuestras compañías. Sí, leo en este documento grandes ganancias. Firmaré.

Se puso de pie un tercero. Afinó sus lentes, leyó detenidamente el pergamino. Se movieron en silencio sus labios, y cuando sonaron las palabras, cada una había sido sopesada.

—Debemos admitir —y nuestros abogados también están de acuerdo— que el texto y la redacción de esta nota *son claros*. Lo he hecho examinar de arriba abajo: aquí figura, pese al poder que asume, aquello que es legal, lo que por ley es. Por consiguiente, firmaré.

Leyó el texto de nuevo y se lo pasó al cuarto.

Un ejecutivo como los demás. Gustosamente habría agregado su nombre y se habría marchado. Pero su frente se ensombreció. Se sentó, leyó, controló, examinó. Luego posó el papel.

—No puedo, aunque esté de acuerdo, firmar el documento. Tampoco pueden hacerlo ustedes —vio sus caras de sorpresa—. Es el poder del asunto lo que lo condena. Las razones mismas que han dado ustedes demuestran las medidas legales que el presente documento *autoriza*. Los propósitos de *gran* alcance, la plena *garantía* de apoyo, esos majestuosos pasos *permitieron* esas cosas, las cuales, aunque sean legales, debemos comprender que no son para nosotros. Si fueran ilegales podríamos asumir el riesgo, pues la ley, entonces, actuaría en forma contraria, *apoyando*, no oprimiendo, a los miles de trabajadores, protegiendo, no destruyendo, los intereses de los pueblos más débiles.

»Pero si la ley, nuestro gobierno, permite que *tengamos* el derecho de hacer que este convenio, a través de la pluma legal, ponga a diez mil al servicio de lo que quieren nuestros intereses —y, lo que es peor, abuse de aquellos mismos cuyos derechos representamos—, entonces *nosotros* debemos poner un límite y rechazar una medida que amenaza el bienestar de quienes están a nuestro cuidado.

»Tenemos poder, como lo tienen todos los que sirven a grandes intereses. Pero si juzgamos según la perspectiva de Dios, que para las mentes adineradas es lo más difícil de hacer, sentimos el deber que como hombres poderosos tenemos para con el "hombre promedio", y, caballeros, les ruego que no lleven a cabo una acción tan egoísta».

Volvía la habitación a la quietud. Un hombre de negocios acababa de demoler un tipo de código, y al demolerlo había revelado otro.

Otros tres comprendieron su razonamiento y, habiéndolo comprendido, reemplazaron los viejos objetivos comerciales por objetivos de fraternidad.

—Tomemos el autobús y vayámonos de aquí, y dejemos que el documento sea destruido conforme a la ley.

Tres

El sol brillante de la mañana avanzaba sobre hileras de techos expectantes y golpeaba las persianas cuidadosamente recogidas de la casa de la colina.

Bajo las frazadas revueltas de una gran cama medieval, una cabeza adormilada giró sobre la almohada cuando golpearon a la puerta.

Dos esbeltos jóvenes recién afeitados entraron en el cuarto.

—Buen día, tío. Su jugo de naranja —saludó uno, mientras su hermano se dirigía a las ventanas y subía las persianas. Agradecido, el sol impaciente se derramó en la habitación.

—Llegas tarde, Gregory —gruñó el hombre en la cama. Sorbió su jugo y luego se puso de pie—. ¡Maldita sea! Si Minnie vuelve a dejar semillas en el jugo, me desharé de ella. Escupió la semilla en la alfombra.

—Recógela, Henry, y arrójala al cesto de papeles —le ordenó.

—Tío —sonrió Gregory mientras se alejaba del recipiente—, ¿cómo está su pierna? Tenemos buenas noticias.

—Cállate —espetó el viejo—. Cuando le digo a Henry que haga algo, quiero que lo haga *Henry*. Podrán ser gemelos, pero yo sé distinguirlos. De modo que, Gregory, recoge esa semilla del cesto y deja que Henry haga lo que le ordené.

»Toda mi vida me he dedicado a hacer que las cosas fueran *de esta manera*. He conservado mi biblioteca siempre igual. He mantenido mi cuarto siempre igual. He mantenido la casa de la misma manera. He ido al pueblo y he trabajado. He ido a la iglesia y he rezado siempre de la misma, exacta manera. He pensado y actuado como debía. Mi gran fuerza como alcalde siempre residió no en mí mismo sino en mis costumbres confiables».

—Oh, volverán a elegirlo, tío —lo animó uno—. Pero ahora mismo tenemos buenas noticias para usted.

—Demonios, muchacho, ¡por supuesto que me elegirán! —interrumpió el inválido—. No estoy hablando de eso —señaló con impaciencia una almohada extra—. Lo que más me preocupa son ustedes dos. Su difunto padre quería que me hiciera cargo de ustedes. Pero por Dios, ¿qué puedo hacer? Me rompo la pierna, y habrá que cortarla, ¿saben? Los mando a ustedes a ocupar mi oficina hasta que me recupere. ¡Demonios! Una cosa es perder una pierna y otra mucho peor perder una elección por una estupidez ajena. Y ya que estamos, ¿tocaron ustedes ese crucigrama que está en el piso? Bien, necesito relajarme un poco.

—Tenemos buenas noticias, tío.

Pero él había vuelto a naufragar bajo las mantas. Su rabia amainaba. Notó el sol que jugaba en la cabecera de la cama.

—¡Escúchenme primero! —su voz sonaba triste—. He vivido una buena vida —se volvió hacia ellos—. Pero no me divertí. Ni un poquito. Demasiado ocupado para casarme. Dejé a las mujeres muy solas. Nunca fumé, ni bebí, ni maldije. Demonios. Podría maldecir, pero *eso* no es divertido. Y nunca disfruté del golf, nunca pude bajar de los noventa golpes. Nunca me gustó la música, ni la poesía, ni... —pensó en su crucigrama. Se quedó callado, y siguió callado. Su mente seguía un curso extraño, uno que nunca antes había tomado.

Ahora el sol volvía a decirle «hola» en la cara.

—¡Por amor, muchachos! —gritó—, ¡nunca lo he considerado de ese modo! La política es un gran crucigrama, y uno encantador. Y —se sentó muy rígido y erguido— ¡así es la vida! ¡Aaaaah! —nunca había sonreído de ese modo—. Anoche, Henry. Anoche pensé que podría sacar algo bueno de mí mismo. Si sólo tuviera dos piernas. Pero ahora es: rengo o *nada*. Sé que yo podría ser simplemente como... simplemente como... —echó una ojeada a su alrededor—. ¡Sí! ¡Simplemente como el sol!

Señaló con un dedo tembloroso y feliz la bola de fuego.

—¡Ése es *nuestro* tío! —rieron los gemelos, y Henry dijo—: Sus piernas son suyas. ¡Ésa es la buena noticia! El doctor declaró que la amputación era innecesaria. Debería usted empezar a caminar lo más rápido posible. ¡Mañana a la tarde los tres juntos tomaremos el autobús al pueblo!

Dos

Un disco de diez pulgadas giraba en el tocadiscos. De un pequeño parlante surgía un solo de trompeta bello y conmovedor. La chica se puso de pie junto al banco donde había estado sentada.

Accionó el interruptor y los altos tonos de la trompeta se extinguieron en un suspiro burbujeante.

La música la había perturbado. Soñaba con su infancia.

Fuera de la cabina de prueba, hileras e hileras de discos acorralaban a dos hombres. Uno sacó un cuarteto de Beethoven y se lo dio al otro.

—Puede probar éste, señor, una vez que la joven haya terminado con el aparato.

—No es necesario —se rió el otro—. Creo que puedo confiar en el Cuarteto de cuerdas de Budapest sin escucharlo.

La chica vino de la cabina y dejó cincuenta centavos en el mostrador.

—Lo llevo —dijo, sosteniendo el disco.

Y así el hombre y la chica salieron de la tienda de música con un disco bajo el brazo.

—Qué día caluroso —empezó ella.

—Oh —replicó él—, el día no tiene ninguna importancia para mí. Y tampoco la noche.

—¿Usted también se siente así? —retrucó ella rápido—. ¿Siente usted que... que es como una máquina en una huella... que va sin saber adónde? —se ruborizó: después de todo, él era un desconocido—. Pero en serio, ¿le encuentra algún sentido a la vida?

—No tengo noches, no tengo días —contestó él con sinceridad—. En verdad sólo tengo una cosa —sostuvo su disco—. Toda mi vida pende de la música —se volvió hacia la chica y se dio cuenta de que *era* bonita, pero más por su encanto que por su cara. En un gesto amistoso, apoyó su mano sobre la de ella—. ¿Piensa usted cruzar el parque?

—Podría —contestó ella, y caminaron por el sendero. Un

minuto después tropezaron con un banco de madera entre dos árboles.

—Siempre me detengo aquí un ratito —dijo él, soltando su mano—. Quizá volvamos a encontrarnos.

El color subió a las mejillas de ella. Temblaba apenas, y tocando el abrigo de él con una mano susurró:

—¿Le importa si me siento con usted? Oh, ¡*por favor*! ¡Debo hacerlo!

Permaneció en silencio.

Él se mordió los labios, le quitó gentilmente el disco y, poniéndolo en el banco junto al suyo, la hizo sentarse a su lado. Un segundo después la atrajo un poco hacia él y luego, despacio, le puso un brazo sobre los hombros.

—Me daba miedo tener esa esperanza —murmuró—. Desde el momento en que la vi supe por qué la música significaba tanto para mí. Era una especie de sustituto, un sustituto glorioso, más fino, de algo... de algo... —la miró— como usted.

Permanecieron allí, entusiasmados uno con el otro.

—La tierra ahora da vueltas alrededor de nosotros como un gran disco —prosiguió él—. Y en ese disco suena... —escucha, mira— ¡la canción de la vida!

—Ahora hay música en todas partes. Estos árboles, este pasto, este cielo cambian a nuestro ritmo —estiró un brazo—. ¡Oh, amor!

Él se inclinó y la besó.

—Mañana a la tarde tomaremos el autobús e iremos al pueblo a buscar un permiso y todo lo demás.

—Sí —cantó ella, arreglándole el cuello.

Uno

Querida madre:

Escribo esta nota, querida madre, con pluma sinceramente humilde. Veo más allá de mis debilidades y de las de mi prójimo. Al menos así fue hasta esta mañana, cuando salió el sol.

Mis primeros diez años de vida los colmé con mi yo, mi yo, mi yo y sólo mi yo. Sólo me importaban las cosas que tú me dabas. Yo quería comida, sueño y placer. Me encontraba en un estado totalmente primitivo. No me importaba quién estaba a mi lado ni por qué.

Y luego los años siguientes infundieron en mí una creciente sensación de «presencia». Presencia de lo que antes no me importaba. Lo único que sé es que si hacía el bien esa «presencia» sonreía. Pero cuando pensaba en mí, y al hacerlo le hacía mal a otro, entonces esa «presencia» fruncía el ceño.

Con el tiempo llegué a amar esa «presencia» y a llamarla Dios. Me ayudó a verla como la verdad de la vida. Vi que había que seguirla y traté de atraerla hacia mí. Pero ella me dijo: «No es el momento» y todo quedó allí.

Me desalentó descubrir que ya no la tenía. Me enojé mucho con ella, y casi regresé a la primera etapa de mi vida. Volví a fumar y a maldecir, me divertí, pensaba que nada me importaba.

Pero luego esa «presencia» me susurró palabras de aliento. Las escuché. Se mantenía ante mí como una luz. Yo no podía hacer otra cosa que intentarlo. Sólo temía no alcanzar esa luz antes de morir.

Luchando encontré mi fragilidad. Y Dios, en susurros, también mis fuerzas me mostró. Y así descubrí un método completamente distinto: en su defecto, era necesario un credo personal que abarcara talentos y reveses.

Y por cierto produjo grandes milagros, pues la dificultad de cumplirlo me dio la posibilidad de conocer y poner a prueba mis fuerzas.

Aun así descubrí que ese credo no podía cumplirse; y así le agregué la «Presencia de Dios», que con plena convicción hacía que dolor e incomodidad valieran la pena.

Aun con ese agregado, la luz no llegaba. Ahora yo sólo luchaba por SU PRESENCIA en mi interior; sin embargo, no la tenía. Dejé que me hablara; le supliqué, la seguí en lo que fuera; su voluntad procuré hacer.

Y así el sol hoy un regalo me dio. Querida madre, «eso» ha llegado a mí, y en un día perfecto. Un día perfecto, porque tengo en mis manos la carta de aceptación de las Fuerzas Armadas de los Estados Unidos de Norteamérica. Tomaré el autobús mañana.

Tu hijo que te ama

Cero

Associated Press: «Diez personas murieron esta noche en el peor desastre de tránsito de la temporada. Un autobús del horario de la noche chocó con un camión que venía en sentido contrario y volcó. Entre los muertos figuran cuatro hombres de negocios, el alcalde de un pequeño pueblo y una mujer joven. La lista completa de las víctimas se encuentra en la página treinta y dos».

«Pues cada hombre debe alcanzar el cielo a su manera».

Almas gemelas

—Por supuesto que me impactó. La distancia entre la baranda del puente y el río era enorme, y apenas salpicó al caer. Y no había absolutamente nadie a la vista —la esposa de Martin Rittenhouse hizo una pausa para suspirar y sorber su té—. Yo llevaba un vestido azul cuando ocurrió. Un vestido precioso. Hacía juego con mis ojos. Al pobre Martin le encantaba.

—Pero entiendo que ahogarse es algo agradable —dijo la señora Green.

—Oh, sí, en efecto: un método extremadamente agradable para... irse. Sí, creo que si el pobre hubiera elegido su propia salida, estoy segura de que habría preferido... el agua. Pero, por duro que suene, no puedo fingir que no me alegré al deshacerme de él.

—¿Y eso?

— Bebía, entre otras cosas —confesó gravemente la señora Rittenhouse—. Tenía también una afición excesiva, una inclinación a... coquetear. Y a prevaricar.

—¿Quieres decir mentir?

—Entre otras cosas.

La habitación en la que las dos mujeres hablaban era pequeña y de techos altos: un decorado confortable pero sin ninguna característica especial. Unas cortinas de un verde desteñido combatían la tarde de invierno; ronroneando adormilado en una chimenea de piedra, un fuego reflejaba remansos amarillos en los ojos de un gato inerte, acurrucado junto al hogar. Un racimo de campanas enrollado alrededor de su cuello repiqueteaba fríamente cada vez que se estremecía.

—Nunca me gustaron los hombres que se llaman Martin —dijo la señora Green.

La señora Rittenhouse, la visitante, asintió. Estaba sentada muy tiesa en una silla de aspecto frágil, removiendo persistentemente una rodaja de limón en su té. Llevaba un vestido púrpura oscuro y un sombrero negro, con forma de pala, sobre un pelo enrulado y gris que no parecía natural. Tenía una cara delgada pero de líneas severas, como si la hubiera modelado una disciplina rigurosa, una cara que parecía conformarse con una única expresión de aflicción.

—Tampoco los que se llaman Harry —agregó la señora Green, cuyo marido tenía precisamente ese nombre. La señora Green y sus noventa fantásticos kilos, disimulados por un *negligé* color carne, ocupaban la mayor parte de un sofá de tres cuerpos. Tenía un rostro enorme y cordial, y sus cejas, depiladas casi hasta la invisibilidad, estaban dibujadas de un modo tan absurdo que era como si alguien la hubiera sorprendido en medio de un acto vergonzosamente íntimo. Estaba limándose las uñas.

Entre esas dos mujeres había una conexión difícil de definir: no era amistad sino algo más. Acaso la señora Rittenhouse estuvo cerca de dar en la tecla la vez que dijo: «Somos almas gemelas».

—¿Todo esto sucedió en Italia?

—En Francia —la corrigió la señora Rittenhouse—. Marsella, para ser exactos. Maravillosa ciudad, sutil, toda luces y sombras. Pude oír cómo Martin gritaba mientras caía. Bastante siniestro. Sí, Marsella fue excitante. No pudo dar ni una brazada, el pobre.

La señora Green escondió la lima de uñas entre los almohadones del sofá.

—Personalmente no siento la menor piedad —dijo—. De haber sido yo, bueno, quizá lo habría ayudado a saltar esa baranda.

—¿De veras? —dijo la señora Rittenhouse, y su expresión se iluminó ligeramente.

—Por supuesto. Nunca me gustó su estilo. ¿Recuerdas lo que me contaste de aquel incidente en Venecia? Aparte de eso, fabricaba salchichas o algo así, ¿no es cierto?

La señora Rittenhouse frunció los labios con amargura.

—Era el rey de la salchicha. Al menos eso es lo que él siempre aseguraba. Pero no debería quejarme: la compañía se vendió por una suma fabulosa. Aunque me resulta incomprensible por qué alguien querría comer salchichas.

—¡Y mírate! —proclamó la señora Green, agitando una mano bien alimentada—. Mírate: eres una mujer libre. Libre de comprar y hacer lo que quieras. Mientras que yo... —entrelazó los dedos y sacudió solemnemente la cabeza—. ¿Otra taza de té?

—Gracias. Un terrón, por favor.

Unas chispas zumbaron en el fuego cuando un tronco se desmoronó. Desde el marco de la chimenea, un reloj de bronce dorado dio la hora con ráfagas musicales que sonaron en el silencio: las cinco.

Ahora, con una voz entristecida por el recuerdo, la señora Rittenhouse dijo:

—Le regalé el vestido azul a una mucama de nuestro hotel: tenía un desgarrón en el cuello, del que Martin intentó aferrarse antes de caer. Y luego fui a París y viví en un departamento hermoso hasta la primavera. Fue una primavera encantadora: los niños en los parques eran tan juiciosos, tan callados... Me pasé los días alimentando palomas. Los parisinos son unos neuróticos.

—¿El funeral fue caro? El de Martin, quiero decir.

La señora Rittenhouse soltó una risa dulce e, inclinándose hacia adelante, susurró:

—Hice que lo cremaran. ¿No es grandioso? Oh, sí: simplemente metí las cenizas en una caja de zapatos y las mandé a Egipto. Por qué allí, no lo sé. Salvo que no le gustaba Egipto. A mí, en cambio, me encantaba. Un país maravilloso, pero él nunca quiso ir. Por eso es grandioso. Sin embargo, hay algo que me tranquiliza mucho: escribí la dirección del remitente en el paquete y *nunca volvió*. Siento de algún modo que debe de haber encontrado su propio lugar de descanso, después de todo.

La señora Green se palmeó un muslo y rugió:

—¡El rey de la salchicha entre los faraones!

Y la señora Rittenhouse disfrutó del chiste tanto como se lo permitió su recato natural.

—Pero Egipto... —suspiró la señora Green, barriéndose las lágrimas de risa de los ojos—. Siempre me digo: «Hilda, estabas llamada a tener una vida de viajes. La India, Oriente, Hawái». Eso es lo que siempre me digo. —Y luego, con algún desagrado, agregó—: Pero tú nunca conociste a Harry, ¿verdad? ¡Oh, Dios mío! Irremediablemente aburrido. Irremediablemente burgués. ¡Irremediablemente!

—Conozco el paño —dijo mordazmente la señora Rittenhouse—. Se hacen llamar la columna vertebral de la nación. ¡Ja! Ni siquiera tienen capacidad de daño. Todo se reduce a esto, mi querida: si no tienen dinero, deshazte de ellos. Si lo tienen, ¿quién podría hacer mejor uso de él que una misma?

—¡Cuánta razón tienes!

—Es patético e inútil perder el tiempo con esa clase de hombres. O con cualquiera.

—Precisamente —comentó la señora Green, que cambió de posición: su enorme cuerpo tembló bajo el *negligé*; se abolló una de sus carnosas mejillas con un dedo pensativo—. He pensado a menudo en divorciarme de Harry —dijo—. Pero sería muy, muy caro. Por otro lado, hemos estado casados diecinueve años (y comprometidos otros cinco), así que si tan sólo me atreviera a sugerir algo por el estilo, estoy segura de que el impacto sería...

—Mátalo —concluyó la señora Rittenhouse, bajando rápidamente la vista a la taza de té. Una descarga de color encendió sus mejillas, y sus labios se fruncieron y alisaron con alarmante rapidez. Después de un momento dijo—: He estado pensando en viajar a México. Hay en la costa un lugar espléndido llamado Acapulco, donde viven muchos grandes artistas. Parece que pintan el mar a la luz de la luna...

—México. Me-hi-co —dijo la señora Green—. El nombre canta. A-ca-pul-co, Me-hi-co —estrelló una palma contra el brazo del sofá—. Dios, qué no daría por ir contigo.

—¿Y por qué no?

—¿Por qué no? Oh, simplemente no podría escuchar a Harry diciéndome: «Seguro. ¿Cuánto vas a necesitar?». Oh, es algo que no puedo escuchar —volvió a aporrear el brazo del sofá—. Naturalmente, si tuviera mi propio dinero... Pero bueno, no lo tengo, así que fin del asunto.

La señora Rittenhouse dirigió una mirada especulativa hacia el techo; cuando habló, sus labios apenas se movieron.

—Pero Henry tiene dinero, ¿no es cierto?

—Un poco. Su seguro de vida. Ocho mil o algo así, en el banco. Eso es todo —contestó la señora Green, y en su tono no había nada casual.

—Sería ideal —dijo la señora Rittenhouse, presionando la rodilla de la otra mujer con una mano delgada como un panqueque—. Ideal. Nosotras dos, solas. Alquilaremos una pequeña casa de piedra en las montañas con vista al mar. Y en el patio (porque tendremos patio) habrá frutales y un jazmín, y en ciertos anocheceres colgaremos faroles japoneses y daremos fiestas para todos los artistas...

—¡Adorable!

—... y contrataremos un guitarrista para que dé serenatas. Todo será una espléndida sucesión de crepúsculos y estrellas y paseos encantadores a orillas del mar.

Durante un largo rato sus ojos intercambiaron una mirada curiosa, inquisitiva; y un misterioso acuerdo entre ambas floreció en una sonrisa mutua que, en el caso de la señora Green, se convirtió en una risita nerviosa.

—Qué estupidez —dijo—. Yo nunca podría hacer algo así. Tendría miedo de que me agarren.

—De París fui a Londres —dijo la señora Rittenhouse, retirando la mano e inclinando la cabeza en un ángulo extremo; su decepción, sin embargo, era imposible de disimular—. Qué lugar deprimente: espantosamente caluroso en verano. Un amigo me presentó al Primer Ministro. Era...

—¿Veneno?

—... una persona encantadora.

Las campanas tintinearon: el gato se estiró y se limpió las patas. Pavoneándose, atravesó como una sombra la habitación, la cola arqueada como una vara emplumada; se frotó un costado y el otro contra la pierna majestuosa de su ama, que lo alzó, lo sostuvo junto a su pecho y le plantó un sonoro beso en el hocico.

—Angelito de mamá.

—Gérmenes —declaró la señora Rittenhouse.

El gato se limpió lánguidamente y clavó una mirada impertinente en la señora Rittenhouse.

—He oído de ciertos venenos que no se pueden rastrear, pero son todos cuentos vagos —dijo la señora Green.

—Veneno, nunca. Demasiado peligroso, demasiado fácil de detectar.

—Pero *supongamos* que fuéramos a hacerlo. Que fuéramos a deshacernos de alguien. ¿Cómo empezarías tú?

La señora Rittenhouse cerró los ojos y recorrió con un dedo el borde de la taza de té. Algunas palabras se atropellaron en sus labios, pero no dijo nada.

—¿Revólver?

—No. Decididamente no. Las armas de fuego presentan toda clase de inconvenientes. En cualquier caso, no creo que las compañías de seguros reconozcan el suicidio, que es como debería aparecer el asunto. No, mejor un accidente.

—Pero sólo el Buen Señor podría atribuirse ese mérito.

—No necesariamente.

Tirando de un mechón de pelo perdido, la señora Green dijo:

—Oh, basta de burlas y acertijos: ¿cuál es la respuesta?

—Me temo que no hay una que sea consistentemente verdadera —dijo la señora Rittenhouse—. Depende tanto del decorado como de la situación. Ahora bien, si estuviéramos en un país extranjero, todo sería más simple. La policía de Marsella, por ejemplo, se interesó de manera más bien relajada por el accidente de Martin: la investigación fue muy superficial.

Una expresión de ligera sorpresa iluminó el rostro de la señora Green.

—Ya veo —dijo lentamente—. Pero esto *no* es Marsella —y ahora propuso—: Harry nada como un pez, en Yale ganó una copa.

—Sin embargo —prosiguió la señora Rittenhouse—, de ninguna manera es imposible. Déjame comentarte una declaración que leí hace poco en el *Tribune*: «El porcentaje de muertes anuales causadas por caídas en la bañera supera el de todos los demás accidentes combinados» —hizo una pausa y miró intencionadamente a la señora Green—: Bastante provocativo, ¿no crees?

—No estoy segura de entenderte...

Una sonrisa crispada jugueteó con las esquinas de la boca de la señora Rittenhouse; sus manos se movieron al unísono, las puntas de sus dedos se encontraron delicadamente y formaron un impecable campanario de venas azuladas.

—Bueno —empezó a decir—, supongamos que la tarde en la que ha de ocurrir la tragedia hay algún problema con, digamos, una canilla del baño. ¿Qué hace uno?

—Sí: ¿qué hace uno? —repitió, ceñuda, la señora Green.

—Esto: lo llama y le pide si no le molestaría pasar un momento. Le señalas la canilla y luego, cuando se pone a investigar, lo golpeas en la base del cráneo, *exactamente aquí, ¿ves?*, con algo bueno y pesado. La simplicidad misma.

Pero el ceño de la señora Green seguía fruncido.

—Francamente no veo dónde está el accidente.

—Si vas a ponerte literal...

—Pero no veo...

—Cállate —dijo la señora Rittenhouse— y escucha. Esto es lo que uno haría a continuación: desvestirlo, llenar la bañera hasta el borde, tirar adentro una barra de jabón y sumergir... el cadáver —su sonrisa volvió, ahora más amplia—. ¿Cuál es la conclusión obvia?

La señora Green estaba completamente interesada, y sus ojos ampliamente abiertos.

—¿Cuál? —exhaló.

—Resbaló con el jabón, se golpeó la cabeza y se ahogó.

El reloj dio las seis; las notas destellaron alejándose en el silencio. El fuego se había ido tamizando en un soñoliento lecho de brasas, y el frío parecía haberse instalado en la habitación como un remolino de hielo. El cascabel del gato quebró el clima cuando la señora Green lo dejó caer directamente al suelo, se puso de pie y caminó hasta la ventana. Descorrió las cortinas y miró hacia afuera; el cielo estaba descolorido; había empezado a llover: las primeras gotas enhebraban un collar en el vidrio, desfigurando el inquietante reflejo de la señora Rittenhouse al que la señora Green dirigió su siguiente comentario:

—Pobre hombre.

Donde comienza el mundo

La señorita Carter llevaba ya veinte minutos explicando las excentricidades del álgebra. Sally miró con desagrado las agujas estilo caracol del reloj de la escuela: sólo veinticinco minutos más y, luego, la libertad, la dulce y preciosa libertad.

Miró por centésima vez el pedazo de papel amarillo que tenía enfrente. Vacío. ¡Ah, bueno! Sally miró a su alrededor, contemplando con desdén a los laboriosos alumnos de matemáticas. «Uf», pensó, «como si fueran a triunfar en la vida simplemente sumando montones de números, o adivinando una equis que de todos modos no tiene el menor sentido. Uf, ya veremos cuando salgan al mundo».

Qué era exactamente lo que ocurría en el mundo o la vida, de eso no estaba segura, aunque sus padres le habían hecho creer que era alguna horrenda clase de prueba por la que debería pasar en algún momento preciso del futuro.

«Uy, oh», gimió, «aquí viene Robot». Llamaba «Robot» a la señorita Carter porque eso era lo que le recordaba la señorita Carter: una máquina perfecta, precisa, bien aceitada, y tan fría y reluciente como el acero. Rápidamente garabateó una masa de números ilegibles sobre el papel amarillo. «Al menos», pensó Sally, «eso le hará creer que estoy trabajando».

La señorita Carter pasó a su lado sin siquiera echarle un vistazo. Sally lanzó un profundo suspiro de alivio. ¡Robot!

Se sentaba justo al lado de la ventana. El aula estaba en el tercer piso de la escuela, y desde su asiento tenía una hermosa vista. Se volvió y miró hacia afuera; dilatados, los ojos se le pusieron vidriosos, ciegos...

—Este año nos pone muy felices conceder el premio de la Academia a la mejor interpretación del año a la señorita Sally Lamb por su incomparable actuación en *Deseo*. Señorita Lamb, acepte por favor este Oscar que le entrego en mi nombre y en el de mis colegas.

Una mujer de impactante belleza llega y recoge la estatuilla de oro en sus brazos.

—Gracias —dice con una voz profunda y sofisticada—. Supongo que cuando te sucede algo tan maravilloso como esto hay que decir un discurso, pero yo estoy demasiado agradecida para decir nada.

Y entonces toma asiento con los aplausos repiqueteándole en los oídos. Bravos para la señorita Lamb. Hurras. Clap, clap, clap, clap. *Champagne*. ¿Realmente les gusté tanto? ¿Un autógrafo? Por supuesto. ¿Cómo dijiste que era tu primer nombre, querido? ¿John? Oh, es francés, Jean. De acuerdo. Para Jean, un querido amigo, Sally Lamb. Un autógrafo, señorita Lamb. Un autógrafo, un autógrafo. Estrella, dinero, fama, hermosa, glamorosa. Clark Gable.

—¿Está escuchando, Sally? —la señorita Carter sonaba muy enojada. Sally se sobresaltó, sorprendida.

—Sí, señorita.

—Muy bien, pues: si estaba prestando tanta atención, quizá pueda explicar este último problema que puse en el pizarrón —la mirada de la señorita Carter pestañeó desdeñosamente.

Sally contempló indefensa el pizarrón. Podía sentir encima los ojos fríos de Robot y las burlas de los mocosos. Podría ahorcarlos a todos hasta que la lengua les colgara de la boca. Malditos. Oh, bueno, estaba liquidada. Los números, los cuadrados, la equis demente. ¡Griego!

—Exactamente lo que me imaginaba —anunció triunfal el Robot—. Sí, ¡exactamente lo que me imaginaba! Estaba otra vez en la luna. Me gustaría saber qué es lo que ocurre en esa cabeza suya, pero por cierto no ha de tener nada que ver con nuestro trabajo escolar. Siendo una chica tan, tan estúpida, podría al menos concedernos su atención. No se trata sólo de usted, Sally; usted perturba a toda la clase.

Sally bajó la cabeza y llenó todo el papel de dibujitos disparatados. Sabía que tenía la cara color cereza, pero no iba a ser igual que esas otras estúpidas que se reían de nervios y hacían berrinches cada vez que la maestra les gritaba. Incluso la vieja Robot.

Columna de chismes: «¿Qué debutante número uno de la temporada cuyas iniciales son Sally Lamb fue descubierta galanteando en el Stork Club con el *playboy* millonario Stevie Swift?».

—Oh, Marie, Marie —pidió la hermosa muchacha tendida en la enorme cama satinada—. Tráeme la nueva edición de la revista *Life*.

—Sí, señorita Lamb —contestó la remilgada mucama francesa.

—Date prisa, por favor —pidió la impaciente heredera—, quiero ver si ese fotógrafo me hizo justicia en las fotos de la portada de esta semana, ¿sabes? Ah, y ya que vas a salir, tráeme un Alka-Seltzer. Qué jaqueca cruel. Demasiado *champagne*, supongo.

RADIO: «Muchacha rica debuta esta noche. El largamente esperado evento social de la temporada presenta en sociedad a Sally Lamb en un magnífico baile de diez mil dólares. ¡Quién pudiera tener un trabajo así! *Flash, flash...*».

—Por favor, vayan pasando sus hojas al frente del aula. Vamos, dense prisa, por favor —la señorita Carter tamborileó impaciente el escritorio con los dedos.

Sally empujó su ilegible trabajo por encima del hombro del chico de cara sonrosada que se sentaba frente a ella. Chicos. Mmm. Tomó su gran bolsa escocesa, escarbó dentro y sacó un polvo compacto, un lápiz labial, un peine y unos pañuelos de papel.

Se contempló en el espejito sucio de la polvera mientras untaba el lápiz sobre sus labios bien formados. Frambuesa.

La mujer alta y elegante se quedó admirando la imagen que le devolvía el enorme espejo dorado de una de las residencias más espectaculares de Alemania.

Acomodó el cabello fuera de lugar en su elaborado y glamoroso peinado.

Un caballero moreno y apuesto se inclinó sobre ella y le besó un hombro desnudo. Ella sonrió levemente.

—Ah, Lupé, qué hermosa te ves esta noche. Eres tan bella, Lupé. Tu piel, tan blanca; tus ojos... Ah, no puedes imaginarte cómo me hacen sentir.

—Mmm —ronroneó la dama—, allí, general, es donde se equivoca usted —llegó hasta una mesa de mármol y tomó dos vasos de vino, deslizó tres píldoras en uno y se lo tendió al general.

—Lupé, debo verla más a menudo. Cuando vuelva del frente cenaremos juntos todas las noches.

—Ah, ¿es necesario que mi bebito vaya allí donde hay una guerra? —sus labios de frambuesa estaban muy cerca de los de él. «Qué ingeniosa eres, Sally», pensó.

—Lupé sabe que debo llevar al frente los planes de maniobra del ejército, ¿verdad, Lupé?

—¿Lleva usted los planes consigo? —preguntó la encantadora quintacolumnista.

—Sí, por supuesto —ella vio que él estaba desvaneciéndose, sus ojos se ponían vidriosos y parecía muy borracho. Cuando Mata Hari terminó su cosecha 1928, el general estaba tendido a sus pies.

Se inclinó y se puso a revisarle el abrigo. De pronto oyó pasos de botas afuera, y su corazón pegó un brinco.

El timbre sonó fuerte, con un sonido metálico. Los alumnos se atropellaron en busca de la salida. Sally guardó sus artículos de maquillaje en su cartera, juntó sus libros y se preparó para irse.

—Espere un minuto, Sally Lamb —la llamó la señorita Carter. Otra vez Robot—. Venga un segundo: quiero hablar con usted.

Cuando llegó hasta el escritorio, la señorita Carter había terminado de llenar un formulario y se lo entregó.

—Ésta es una nota de castigo. Se quedará en la sala de castigo hasta el fin de la tarde. Le he dicho muchas veces que no quiero que se emperifolle en clase. ¿Quiere usted que nos pesquemos todos sus gérmenes?

Sally enrojeció. Cualquier alusión a su anatomía la ofendía.

—Y una cosa más, señorita. No ha entregado su trabajo.

Como ya le he dicho, que haga o no su trabajo es cosa suya. No es por cierto una cuestión que me erice la piel...

Sally se preguntó vagamente si estaba recubierta de piel, o si en realidad no sería de hojalata.

—... pero usted sabe, por supuesto, que está reprobando la materia. Para mí es un misterio que alguien pueda perder tanto el tiempo, no lo entiendo, no lo entiendo en absoluto. Creo que sería mejor que abandonara este curso, porque, para ser más bien cándida, no creo que tenga usted la capacidad mental de llevar a cabo el trabajo. Yo... yo... Espere un minuto. ¿Dónde cree que...?

Sally había arrojado sus libros sobre el escritorio y abandonado el aula a toda carrera. Sabía que estaba a punto de llorar y no quería hacerlo, no frente a Robot.

¡Maldita sea, de todos modos! Qué sabe ella de la vida. Lo único que sabe es un montón de números. ¡Maldita sea, de todos modos!

Se abrió paso por los pasillos llenos de gente.

El torpedo había impactado media hora antes y el barco naufragaba rápidamente. ¡Qué gran oportunidad! Sally Lamb, la periodista más importante de los Estados Unidos, estaba en el lugar de los hechos. Había rescatado su cámara de su camarote inundado. Y aquí estaba, sacando fotos a los refugiados que trepaban a los botes salvavidas y a sus compañeros de infortunio que luchaban con el mar embravecido.

—Ey, señorita —llamó uno de los marineros—. Es mejor que se suba a este bote. Creo que es el último.

—No, gracias —gritó a través del viento que aullaba y el bramido del mar—. Me quedaré aquí hasta que haya conseguido toda la información.

De pronto, Sally rió. La señorita Carter y las equis y los números parecían estar lejos, muy lejos. Era muy feliz allí, con el viento
soplándole en el pelo y la Muerte a la vuelta de la esquina.

Índice

El pantano del terror. 7

Si te olvido 17

La señorita Belle Rankin 23

Hilda 33

La tienda Mill. 41

La polilla en la llama. 51

El extraño familiar 59

Louise. 67

De parte de Jamie. 79

Lucy. 93

Rumbo al oeste. 101

Almas gemelas 113

Donde comienza el mundo. 125

Los primeros cuentos de Truman Capote
se terminó de imprimir en agosto de 2017
en los talleres de
Litográfica Ingramex, S.A. de C.V.
Centeno 162-1, Col. Granjas Esmeralda, C.P. 09810
Ciudad de México.